鬼ババァが仏の顔に変わった瞬間

世代を超えた嫁姑戦争が終わりを迎えた日

多澤 優

アイジーエー出版

はじめに

スタートは家族の闇

この世の中に生きている私たちの最初の人間関係は「家族」からスタートします。父や母がいなかった、という人はおりません。今は一緒に暮らしていない人でも、自分をこの世に産んでくれた両親はいるはずです。

私は幼い頃、その家族関係こそが「諸悪の根源だ！」とずっと思って生きてきました。父と母の不仲、祖母と祖父の不仲、父と両親の不仲をずっと見続けてきました。

そして、あまりにも当たり前すぎる確執である嫁姑関係は、我が家の母と祖母の間にもありました。

私は長年、母と祖母の嫁姑関係を毎日見ていて、あまりにも当たり前のように関係性の悪さを見続けていたので、「母を苦しめるのは祖母である。悪いのは祖母なのだ。そして世の中の嫁姑というのは一生このまま終えるのが普通である！」と思い続けていたのです。

そして、そのような思いを持ち続けながら結婚した先に待ち構えていたこと……それは、私と姑との悲惨な日々でした。

姑を殺すか、自分が死ぬか、離婚するか……という瀬戸際まで追い込まれ、日々苦しむ中で、まさかの出来事が起きました！

昨日まで殺意を抱いて生きてきた相手の顔を見るだけで感謝の涙が流れ、主人をここまで産み育ててくれたこと、子どもを三人も授けていただいたこと、そのすべてが、姑がこの世に生まれ生きてくれていたという紛れもない真実に目覚め、その命を継承していただいていたことに土下座をして感謝する日が来ることを、一体誰が想像したでしょうか。

絶対に許せないという相手に、「すべて自分の勘違いでした！」と心の底からわき上がる喜びで抱きしめ合うという体験を信じられる方がいるでしょうか。

結婚して二十六年が経ちますが、その間、家族関係の問題をどうにかしようと心理学、ヒーリング、セラピー、占い、神社仏閣巡りなどありとあらゆることをしました。そして現在、心の学校創始者の佐藤康行先生が開発された真我開発講座を受講したことにより、本当の自分が溢れ出し、姑が自分にとってどういう存在だったのかという真実を知るに至ったのです。

当時の私は自分の苦しみから逃れたいために、そして家族の確執を解決したいがために国内外で様々な癒しといわれていることを学んでおりました。しかし、そのどれもが私にとっては効果を感じることが出来ず、人生最後の望みをかけて真我開発講座を受講したのが四年前です。そして受講後のある日、一瞬にして闇が光になり、理屈ではなく、感謝と喜びにむせび、連綿とつながってきた尊い命の意味を知りました。

私が今の主人とのご縁をいただき、三人もの子どもたちの命を授かったという重みをひしひしと感じた時は、魂の底から驚愕しました。そして、そこに託されたご先祖様の温かい声、託された命のメッセージが聞こえたのです。その思いを受け取り、世の中に真実を伝えるために、すべてがあったことを全身で、魂の底から実感しました。

私が体験した紛れもない素晴らしい喜びに溢れた「嫁姑の真実」を世の中で苦しんでいる方々に知っていただきたい、そして、次の世代にこれほどの喜びが存在している事を継承したいという思いから、記録に残すことに私の全エネルギーをかけてみようという思いに至りました。

さらに、私の体験をこれまで聞いたという方々から、同じように嫁姑問題が光に変わり、その結果、夫婦関係、親子関係、人生の問題が自然と解決していったというありがたい報告をいただくようになりました。

私はその事実を耳にした時、魂の底から喜びが溢れ、「自分の人生はやはりこれで良かった」と確信するに至りました。

そして、これが亡き姑から、そしてたくさんのご先祖さまから私に託された命の継承として、今回の人生でやるべき自分の使命であることを自覚させていただいたのです。

嫁姑問題は誰の問題か

世間でもあまりにも当たり前になり過ぎている問題が嫁姑問題です。

同居している方はもちろんのこと、別居していたとしても心のどこかにいつもあるのではないでしょうか。

また、姑が先にあの世に旅立ったとしても、依然、心のどこかに根強く残っていることもありえます。「過去のこと」と心がすっきりと晴れるようなことではありません。

むしろ、相手の姿が見えなくなった時こそ、その問題は浮上してくることがあります。

なぜなら、相手は生前も死後も、自分の心の中にずっと居続けるからです。

さらに、嫁姑問題から夫婦の関係が悪化することすら良くあります。幸せになろうと結婚したはずなのに、思わぬところから結婚生活に陰りがさすことさえあります。妻の嫁姑問題から離婚を余儀なくされたという方もいるのです。

あるいは、結婚をしていない方でも、自分が子どもの頃、母や祖母の関係を見て育った方もたくさんいると思います。逆を辿れば、現在子育て中の方なら、自分の子どもたちが同じような思いで、家族関係を見続けているとしたら、その子どもたちにその家族はどのように映っているのか想像してみてください。そして、その子の一生に影を落とすことさえ大いにありえるのです。

そう考えると、この当たり前のように続く嫁姑問題は、一体、誰の問題でしょうか。自分の問題であり、夫婦の問題であり、伴侶の両親の問題であり、未来を担う子どもたちの問題であり、また、世間でも「嫁姑問題の話題が尽きない」ということはもはや社会問題でもあるといわざるをえません。それを証拠に、「嫁姑問題」で検索をしたらヒットするブログの数は少なくありませんし、その内容は、現代でもなお続く戦国時代のような有り様です。

さらには、社会問題のみならず、日本の問題であり、先祖代々の流れからきている業・カルマであり、現代社会に起きている様々な犯罪へとつながる心の問題にもつながっていくということだと考えることが出来ます。

そんな思いに至った私の体験を綴っていきたいと思います。

目次

第一章　家族への恨み、姑への憎しみ

命の否定

　私が生まれ育った家は田舎の農家でした。母は長男である父に嫁いできましたが、母に待っていたものは、農家の重労働と姑、小姑のいじめでした。

　私が物心ついたころから、いえ、私が生まれる以前から、毎日母は朝から晩まで田圃や畑で働いている姿がありました。明るく負けん気の強い母は、昔は愚痴一つこぼさず働く人で、その元気に働く母が私は大好きでした。

　冬は農家の仕事が無いので、父は全国で出稼ぎをし、トンネル工事をして生活費を稼いでくれましたが、私はある理由から父の事を嫌っていました。

父は長男として跡継ぎとして育ったので、自分の家を引き継ぐ男の子が欲しかったのです。

ところが、一番目に我が家に誕生した子どもは女の子でした。しかし、父にしてみたら初めての子ども、相当かわいがって育てました。

そして、翌年、母は予想もしていなかった私を身ごもることになりました。

妊娠を知った母は、農家の重労働、大家族の世話、まだ小さい姉の世話で毎日寝る間もないほどの生活の中で、瞬間的にこれ以上子どもを産み育てるのは無理だということを判断しました。どうにかしてお腹が大きくなる前に命の灯火が消えてくれないかと思った母は、飛んだり跳ねたり、冷たい水に入ったりと体を酷使したのですが、なぜか私は母のお腹の中で命を継続する結果になりました。

私が物心ついた頃から、よく母からこの話を聞かされたものです。

「どうやっても墜ちないで生まれたのがお前だったんだよ」と。

複雑な思いで母の話を聞いていたことを覚えています。

そうして臨月を迎えるまで働き詰めの母は、働いた報酬のほとんどを舅、姑に預けなければいけなかったため、食べるものもほとんど無い状態で出産に臨んだのです。そして、望んでいないのに生まれてくる我が子に父も母も最後のある望みをかけました。

「次こそは、今度こそは跡取りである男の子が生まれますように！」

「子どもが生まれたよ、しかも待望の男の子らしいよ」という噂を聞きつけた父は急いで病院に向かいましたが、生まれたばかりの赤ちゃんは、またしても女の子です。その時のショックがよほど大きかったらしく、毎日のように「あの時は、本当に残念だったなぁ。まさか女だとはなぁ。女なんていらなかったのに……」とことあるごとに言い続けていました。

そして、次に言われたことは「姉は素直で神様のようにかわいいのに、それに比べてお前は……」ということであり、「跡取りである姉には何でも与えるが、どうせ出て行くお前には何一つ買ってやらないからそのつもりで生きていけよ」という父からの断言でした。

私はこれらの出来事から、自分という存在が解からない状態で育つことになります。「自分はいらない子だった」「何をしても認められない自分」「命さえ否定される自分」そして追い打ちをかけるような、家族の中で起き続ける争いがありました。

自分の命の存在価値がない。望まれてもいないこの命は一体何なのか。

自分に問うても問うても、闇の中に沈むばかりで答えは出ません。

そして、小学生の頃からの人間不信、いえ、もっともっと以前から恐怖心が強くありました。

保育園は人が怖くて途中で辞めることになりました。小学校には行ったものの、常に自信が無く、目立たないようにすることが精一杯で、人から声をかけられるのが怖いため、その恐怖を感じないためにも、自分から言葉を発することはしないようにしようと固く決意をしたことを覚えています。なぜなら、家族の中で言葉の諍《いさか》いが毎日のように続いていたことから、心を閉じてしまい、この状態で外に行ったら、もっともっと自分が傷ついて壊れてしまうと感じたからです。

もしも、神様がいたなら

家にいても毎日続く、嫁姑の嫌みと不仲、父母のケンカ、休まることのない心……そして自己否定が何年も何年も続きました。

五歳になった頃、私は、ひとり仏壇に向かいました。「もしも、もしもこの世に神様がいるとしたなら、どうか、姿を見せてください。どうしてこんなに辛いのか、どうしてこんなにひどい父がいるのか、そのわけを教えてください」と小さな手を合わせて祈る日々が続きました。しかし、当たり前ですが、神様という存在も神様という欠片《かけら》も何も見つけることは出来ません。

そんな中で父は何度も人とトラブルを起こし、人を巻き込む事故を起こしたり、警察にお世話になることを繰り返すも、反省の色すら見せません。何かがあると突然癇癪を起こし怒鳴り続け、私たちを罵倒し続け、親としての優しさも、親としての責任も一つも感じることが出来ませんでした。「どうしてよそのお父さんとは、違うんだろう」と、自分がこの家族に生まれたことを心底恨みました。

また、私たち姉妹が大きくなると、風呂場を覗いたり、わざと入って来たり、日記を見てはそれを言い触らす、電話を盗聴する、性的ないたずらをするということも加わり、私は疲労困憊でした。

父は家族を苦しめ、こんなに一生懸命働く母を苦しめ続ける許すことの出来ない人物になりました。

すべてに失望した私がしたことは、唯一父を憎み、家族というものを憎み続けることでした。それでも、憎み続ける父を見返すために、自分を否定し続けた父に、いつの日か私の前で跪《ひざまづ》いて手をついて自分の行った悪行や言動を謝罪させるという復讐心のみになりました。

もちろん、当時はそれが復讐心だとは気づくすべもなく、自分の人生の中でやるべきことは「父への復讐」という思いのみです。毎日が燃えるような怒りの固まりになりました。

そして、私は父を毛嫌いし、同じ部屋にいることも、会話をすることも避け続けるようになりました。それは私だけではなく、家族全体がそのような雰囲気で、それが当たり前になっていたのです。祖父母も実の息子である父を毛嫌いし続けましたし、母からも私たち娘からも嫌われる人生でした。

祖母の最後

祖母が六〇歳になったある日、突然洗面所で倒れ、すぐ病院に運んだところ、診断は脳卒中でした。「このまま死んでくれればいいのに」と、私はそう強く思いました。私は祖母が母にきつく当たり、母が困っていたことを毎日のように見て知っていたので、祖母のお墓を馬小屋の壁に書いては、祖母の死を望むような子どもになっていきました。

私が小さい頃の祖母は私のことをかわいがり、近所にも私の小さな手を引いては、「かわいい孫なんだよ」と自慢してくれたそうです。また小学校に入ってすぐ、私が扁桃腺の手術をすることになった時は、心配で手術室から離れようとしなかったそうです。冬場になるとたくさん私の好きな食べ物を準備して、数週間も私と湯治に行ってくれた思い出のある祖母でしたが、いつしか敵になっていました。

脳卒中になってから文句をずっと言い続けながらも亡くなるまでの十二年は、母が必死に介護をし、リハビリを続けながら、歩けるようになり、母の献身的な姿に胸がいっぱいになったこともあります。

そして、祖母は晩年、大腸ガンになり息を引き取りました。入院して亡くなる最後まで母が面倒を見ていましたが、母は若い頃から祖母や祖父に対して口癖がありました。

「いつかこの人たちが寝込んだ時に、今までの仕返しをしてやる」

辛い人生を歩んできた母の思いに、子どもながら私は大いに賛成でした。

そして、いよいよ祖母が最後の入院になった時のことです。おそらくこれが最後かもしれないと思って見ていた時、祖母が一言母に言いました。

「最後に、最後に自分が生まれた家に、実家に帰りたい……連れて行ってくれないか？」

と。

その言葉を聞いた母は、

「私が嫁に来て一番辛かった時、実家に帰りたいと言った時、あんたは何て言った？　帰してくれた？　人にはダメだと言っておきながら、自分だけ帰りたいだなんて、いい加減にしろ!!」

と怒り、怒鳴りました。

祖母は大腸ガンでしたので、下痢や下血が続くことがあり、下の世話は看護師や母が行っていました。きれいに拭き取ってもらった祖母は「いつも悪いね。ありがとう」とお礼を言っても、母は「何がありがとうだ！」と罵声を浴びせるのです。私はさすがにその一連の母と祖母のやり取りを見ていた時、人間の執念の恐ろしさをまざまざと感じました。

そして、そんな嫁姑関係の中で祖母はこの世から去っていったのです。

繰り返される嫁姑関係

縁があって主人と結婚をしたのが二十三歳の時です。

姑と初めは別々に暮らしていましたが、家を新築することになったことと、区切りよくそれまでやっていた自営の仕事を姑が手放すことが重なり、一緒に暮らそうということになりました。お互いが気兼ねしなくても良いように二世帯同居住宅という形を選択しました。長男が三歳になってすぐの頃です。

しかし、同居してすぐ私と姑の関係はおかしくなりました。

異常なまでに孫である息子に過干渉し、朝から晩まで命令をし続ける姑に私は驚きました。確かに祖母としてかわいがるのですが、それは必ず何かの条件付きでした。例えば、三歳の子どもに対して「ここまで字が書けたら、お菓子を買ってあげるね」「他の子より賢くなったら、おもちゃを買ってあげるね」といった具合です。

さらに、以前から短気なところがあった主人ですが、明らかに性格がきつくなりました。朝から怒鳴り声が響き、息子も私も常にびくびく、おどおどし、恐怖感で家の中にいると窒息しそうになりました。

姑と主人に気を常に遣わなければならなくなり、自分の気持ちを出すことも、相手の気持ちを察する余裕もなくなりました。自分が正しいという姑の前には、私はただの何も出来ない嫁にしか映らなかったのでしょう。確かに姑は何でも出来る、頭のいい人でした。しかし、家の中がこんなに息苦しいのは何かが違う、おかしいのではないか……という思いがずっと私から離れることはありませんでした。毎日が拷問にかけられているような閉塞感があり、自殺願望がまた頭をもたげるようになりました。

そして、二番目の子どもを妊娠しましたが、卵巣膿腫が見つかり、実家で休んでいた五ヶ月に入ったある晩、突然お腹の張りを感じて、救急で病院に行きました。診察結果は「異常なし」で、胎児の心音も普通に聞こえるということでしたが、夜遅かったため一晩入院して朝になるのを待って自宅に帰ることになったのです。自宅から車で一時間ほど離れていたため、私が病室に入るのを見届けた母は、一人自宅に帰って行きました。

ところが、病室に入りちょっとしたら、突然陣痛が始まってしまったのです。点滴をしながら様子を見るものの、陣痛は一向に治まる気配を見せず、病室で破水してしまったのです。破水してもなお、私はお腹の赤ちゃんは無事生まれると信じていたのですが、「破水をしてしまってはどうにもなりません。分娩室で胎児を外に出しましょう」という医師から耳を疑うような言葉を聞くことになりました。何が起きたのか理解出来ないまま分娩室で横たわり、冷たくなってしまった胎児を一人産むことを迫られました。

陣痛もなくなったことから胎児を処置する手術に切り替えられ、麻酔から覚めた時はすべて処置が終わった後らしく、出血の後が生々しく残っていました。そのまま車イスに乗せられ病室に向かうと、廊下に姑と主人が立っている姿が見え、朦朧《もうろう》とした意識で耳にしたのは、まさか……と思う言葉でした。

「このままでは困る！　あんたには三人は産んでもらわないと困るから！」

と姑の大きな声が響き渡ったのです。

一瞬、何を言っているのかと思いましたが、その言葉を投げつけられた私のショックは相当なものでした。同じ女としていたわりの言葉もなく、ここまで激しい言葉を投げつけるこの人は一体何なのか……一体、何者なのかという思いでいっぱいになり、一週間入院している間、ずっと病室で泣き続けました。主人もかばってくれるわけでもなく、まるで人ごとのようにただ見ているだけで、それもまた追い打ちをかけ、私は退院してからもひどい落ち込みを体験するようになったのです。

それからしばらくは不妊治療をするようになったのですが、なかなか妊娠できない私を欠陥扱いし、責め続ける姑、そしてそれをかばいもしない主人に絶望感を感じていました。

ようやく次男が生まれた時は、姑には子どもを預けることも面倒を見てもらうことにも拒絶反応が出ている状態で、挨拶の声をかけられても無視をするという状態が長年続きました。そんな中、姑からは「もっとこうしろ」「もっと子どもを育てる時はこうしろ」「あんたがダメだからこうなるんだ」「私の息子（主人）の性格が変わったのはあんたと結婚したせいだ」と言われることが多くなりました。仕事から帰っても毎日一時間、説教の時間が待っています。主人にそのことを伝えても、ほとんど知らない振りか、あるいは「我慢しろ」の言葉のみです。

そうしているうちに主人の子どもに対する暴力が始まりました。朝から泣き叫ぶ子ども、怒鳴り声、ものを投げる、叩く、髪をむしる……それを冷たく見ている姑の姿……。ターゲットは長男で、年の離れた次男は顔色を変えて、「怖いよ、怖いよ」と震えているばかりでした。

息子の涙

　主人は仕事で忙しくなったことからストレスがたまり、矛先は一番自分が期待をかけていた長男に向かったのです。

　このままではみんながおかしくなってしまう……ずっと様子を見ていた私は、ついに決断を迫られました。なぜなら、長男が「生まれてこなければ良かった」と死を口にするようになったからです。

　主人の毎日続く怒鳴り声と指示命令から子どもたちを守るために、私と子どもたちは主人とご飯も一緒に食べなくなっていました。異常なまでに、主人はいつ帰ってくるのか、今日の機嫌はどうなのか、また修羅場が始まるのかと子どもたちは常に警戒し、緊張するようになりました。

そんなある日、主人が帰ってくる前に子どもたちと夕飯を食べている時、目の前に座っている長男の箸を持っている手が止まっていることに気づいたのです。どうしたのだろう、と気になり長男を見ると涙をつーっと流し、

「ボクなんてこの家に生まれてこなければ良かった……」

とぽつりとつぶやくのです。


私は、この光景を目にした時のことを今でもはっきり覚えています。

なぜなら、自分も命を否定され続けてきたことから「そんなことはないよ。生まれてきてくれてありがとう」という一言をどうしても口にすることが出来なかったのです。

長男の涙と私の人生の苦しさが一緒になり、私は今までにないくらい衝撃を受けました。

どうして、自分は大切な子どもに最も大切なことを伝えられないのだろう、大切な事……「私は一体命をどう思っているのだろう」と幼い頃、自問自答し続け、探し求めていた思いが一気にわき上がったのです。

そして、私はこの子を何が何でも救わなければいけない……そう強く感じました。もはや、嘆き悲しんでいる場合ではないと目覚めた感じです。

ちょうど世の中は「自分探しブーム」のスピリチュアルブームの波に乗っている時でした。

そんなある日、普段はめったに読書をしない主人が本を一冊差し出してくれました。そこには、家族関係を改善するという心理学のセミナーのことが解かりやすく書かれてました。私は夢中で読みふけり「ここに行ってみよう！」と決意し、それから数年間、何度も何度もそのセミナーに通ったのです。素晴らしい講話とロールプレイの実践で、あたかも家族関係が良くなるように思えました。私も家族にこのロールプレイを実践してみよう、絶対家族関係が改善するに違いない！　と思えたのです。

しかし、書かれているように同じような言葉や態度をとっても、形だけになってしまい、ひとり空回りをするばかりでした。逆に、自分はこんなにも素晴らしい心理学を学んでいるのに家族は解かってくれない、と家族を裁き出す結果になり、改善どころかますます泥沼に突入していきました。それでも、その心理学の理論と教えに傾倒していた私は、何年も何年も藁にもすがる思いで学びました。

そうしているうちに、心理学の先生がスピリチュアル関係の資料を渡してくれたのです。心理学ではなく、スピリチュアルの世界に私の求めているものがあるのかも知れない、家族や息子、そして自分を救うにはもっと別の世界を知った方がいいかもしれない、ということで精神世界についてたくさんのことを学ぶようになりました。

私は自分のことが嫌いでしたので、「本当の自分」「自分を好きになる」というものを潜在的に求めていたようなところがありました。そして、生きることの意味や、生まれてきた使命さえも知りたいといつしか真剣に思い、求めるようになっていました。

様々なヒーリング、リーディング、セラピー、占い、神社仏閣巡りをする中で、たくさんのことを学びましたし体験もしました。幼い頃、あきらめかけた「神」という存在も、どうやら存在しているらしいということもスピリチュアルな書籍の中で目にすることが多くなりました。

そしてついには本業にするほどの資格まで手に入れたのです。

そこで「よし、私が傷ついた体験をもとに、たくさんの方々を救うのだ……」という思いを抱くようになりました。いつしか有名なヒーラーのようになり、自分も苦しんでいる人を救うんだ、そしてこの人生を歩んでいくことこそ使命だと思い込むまでになっていました。

なぜなら、たくさんのクライアントさんが私の前で涙し、癒されたことに感動し、人生がこれから変わるという言葉を言ってくださることを見た時に、これほど素晴らしいことはない、と感じたからです。

ところが、表面上は素晴らしいことをしているのですが、自分の足元は惨憺《さんたん》たるものでした。姑を憎み、主人を嫌い、実家の父母には気が狂っていると言われ、子どもたちも様々な問題行動をするようになっていたのです。私はまるで何かを証明するために、次から次へとたくさんのことを学び、資格を取り、ヒーラーとして活躍をしているかのように錯覚をし始めていました。

その中で感じたのは「自分のことをどうしても、心の底から好きになれない、許せない」ということ……。そして、自分がやっているヒーリングやセラピーの仕事をすればするほど、他の方々の自立を阻んでいるのではないかと思い始めたことでした。

確かにヒーリングをした直後は、みなさんに喜ばれ、スッキリとした表情で帰られるのですが、また一週間もすると苦しくなるということを何度も見てきました。事実、自分自身も苦しくなるので、「これではない！」と次から次へと様々な手法を渡り歩いたわけです。

そして、お金も使い果たし、国内外の手法を学び尽くした先に待っていたものは、絶望でした。それでもうわべは、明るく前向きに素晴らしい「ヒーラー」を装っていました。そんな中、私のヒーリングやリーディングを受けていたクライアントの方で連絡がつかなくなった方がいたのですが、その数年後、「うつになり自殺をした」という悲しい知らせが届いたのです。その時、私ははっきりとヒーリングやセラピー、リーディング、心理療法では、人は救えないということを悟り、それまで集めてきたヒーリング関係のツールや数百冊という本をすべて捨ててしまいました。

その頃、私はアメリカにいるある方の所で「本当の自分」「真我」に出会えるということを耳にし、二度ほど渡米をしましたが、本当の自分に出会うことが出来ず、またしてもそこで自分を責めてしまい、体調を崩してしまいました。

そしてある時から、朝、目が覚めると自分の死の場面がふっと思い浮かぶという状況にまでなり、「自分はもうだめだ」という思いをどうしても拭うことが出来なくなったのです。

その時に、以前からあった自殺願望がまたしてもわき出るようになり、今までやってきたことをすべて処分して、いっそのことこの世を去ろうと思うようになりました。

子供のことも家族のことも何一つ救えない自分に絶望を感じ、そんな自分には価値がないと思ってのことでした。

その頃の姑への思いは最もひどく、崖から姑を突き落とすイメージを寝付くまで数時間繰り返さないと眠れないという状態でした。

運命を変えた一冊の本

死を本格的に感じるようになり一ヶ月経った頃、娘と一緒に立ち寄った図書館で、ある書籍を手にしました。最初はよくあるスピリチュアル関係の本かと思い、時間つぶしのつもりでパラパラとめくっていたのですが、その本のエネルギーは今まで出合った本とはまったく違っていました。

今まで家族を救おうと散々、時間とお金をかけたのに、自分も家族関係も何一つ良くならないということを嫌というほど経験してきていました。そんな中で私はいつもいつも疑問に思っていたことの答えが全部その『ダイヤモンド・セルフ』という本の中に書かれていたのです。

「やっと、見つけた！」

と体が震えて、止まりませんでした。「すぐここに連絡しなければ」という強い思いがわき、自宅に帰りすぐその本に書かれていたセミナーの申し込みをしました。

その決め手となったのが、「たった2日で本当の自分に出逢える」「そして本当の自分で生きることこそが生まれてきた意味だ」と書かれていたからです。

さらに、「周りを照らせば自分の足元が暗くなる、自分の足元を照らせば周りが暗くなる、そうではなく自分自身が灯台の光になることによって、すべてが同時に照らされる……」このフレーズを見たとき、これこそが真理だと直観しました。

そして何より、実生活に役立てることが出来るということも、本物である証拠だとわかりました。

数ヶ月、いえ、数年学び続けても状況はひどくなる一方、しかも、何のために生まれてきた命なのか幼い頃から否定し続けてきた私は、「命をかけて本当の自分を知りたい、出会いたい」と強く思いました。

そのセミナー（真我開発講座）を受講された方々のアンケートには、「今まで恨んでいた親への恨みがなくなりました」とか「夫婦関係が新婚のようになりました」など、私にとっては考えられないことばかりが載っていました。

しかし、本当にこれが最後、これでだめだったら死のうと思っていたのです。

そしてこの講座に参加し、私は心の奥にある本当の自分、愛そのものの自分、光そのものの素晴らしい本当の自分である「真我」に出逢いました。

それまでの私は自分のことを責め、家族を責め、父を責め、姑を責め、主人を責めていましたが、それがものの見事に全部無くなりました。無くなったばかりではなく、両親や姑、主人や子どもたちにどこからともなく、ふつふつと感謝の心がわき上がるではありませんか！

「ああ、自分にも、自分の中にもこんなに凄い心があった……凄い……」

私はあまりの感動でバケツ一杯分もの涙を流しました。

そして両親を恨んでいたこと、姑を憎んでいたことが全部間違っていたと心の奥から理解出来ました。今まで起きてきた辛かった出来事や、心の奥底に沈みこんでいた確執が一瞬で光に満たされ、真実が見えたのです。神の愛が、後から後から溢れ出し、愛と感謝と喜びの心が止めどなく溢れ出しました。そして、これこそが人間の一番奥にある本当の心、本当の自分なのだということがはっきりと解かったのです。

奇跡のはじまり

一泊二日の真我開発講座を受け終わり、東京から夜行バスで帰ったので、自宅に到着したのは朝になっていました。

その時、普段はありえない時間帯に仏壇を拝む姑が目に入りました。

姑を見ると心の奥底から「今、自分の気持ちを伝えなきゃ」という強い思いがわき、いきなり姑の肩に手をかけ「おばあちゃん」と声をかけた直後に「スミマセンデシタ！」と口から出たのです。その「スミマセンデシタ……」という自分から溢れ出す言葉を聞きながら、心の奥底から、姑に対する揺るぎない真実の思い、感謝の思いが自然とわき出しました。そして、

「おばあちゃん、私この家に嫁にこさせていただき本当にありがたいと思っています。そして、おばあちゃんに今まで冷たい態度をとっていたことを本当に申し訳なく思っています。許してください、許してください、許してください……」

と言いながら、私はその場に泣き崩れ号泣してしまいました。姑に精一杯の思いを込めて謝罪しながら、「本当に私は嫁として、人間として許されない心のまま生きていた」という申し訳ない心が溢れるのです。

するると姑から、

「この家に嫁いできてくれたことをそう言ってもらえたら本当に良かった。優さんは

何も謝る必要はないんだよ。全部優さんにやってもらって、こっちこそありがたいし、あんなわがままな息子と結婚してもらって本当に悪いなと思ってるんだから。優さんはこれっぽっちも悪いところはないんだよ」

と言ってもらったのです。

私が姑に心の底から謝罪した瞬間、不思議なことに姑も一瞬にしてその場から仏様のように優しい顔に、そして態度に変わっていました。そんなことよりも申し訳なさと、そんな優しい姑の思いを感じて、私は本当に今まで何てことをしてしまったのだろうという思いでいっぱいになり、

「おばあちゃんが病院に行くときは（リウマチで歩くのが困難）、いつでも連れて行くし、買い物にも連れていくから。私は本当に大事なものが何かが解かったから、何もしなくてもいいから、ただただ私のそばにずっと居て欲しい。だからお願いだから長生きをして、ずっと私のそばにいてください。ただそれだけでいいから……」

と姑と二人、抱き合って泣いてしまいました。そして姑のために、この後の人生のすべてを恩返しするつもりで精一杯尽くしていきたいと決心をしていました。その瞬間、

ご先祖様から連綿と続いてきた「命のつながり」「命の継承」がさーっと見え、私はその凄さ、素晴らしさに圧倒され、いつまでも涙が止まりませんでした。

姑はそんな私を抱いて「うれしい、うれしい。ご先祖様のおかげだ。ああ、ありがたい」と仏壇に向かって涙を流していました。小さくしわだらけの手を合わせ、仏壇に深々と頭を下げたその姑の姿を、私は一生涯、心に刻みつけていこうと思いました。

「明後日、子どもの誕生日だけど思えば私がお父さん（主人）と結婚していなければ、子どもは生まれなかったわけだし、夫を産み育ててくれたおばあちゃんがいなければ、今の私たちもないんだから、すべてはおばあちゃんのおかげです。本当に、本当にありがたく思っています」と、三人もの子どもの命を授けていただいたご恩を伝えました。この時も、授けていただいた子どもたちの命の重みにただただ感動し、感謝が体の奥底からわき上がり、涙で言葉が出ないくらいでした。そして、真我に出逢うまでの私は、自分の存在価値も否定し続けていましたが、周りにいる家族のことも受け入れたくない、受け入れようとしなかった自分に気づかされました。すべて自分の心が外に映し出されていたことなのだと解かった瞬間でした。

「あんたたちは面倒を見てくれないだろうから、年をとったら一人で老人ホームに行くから」と常に姑は私と主人に言う人でした。

その姑の言葉に当たり前のように同意していましたが、真我に目覚めた心でその姑の言葉を思い出した途端に、「自分は何てひどいことを思ってきていたのだろう」という反省の心とともに「どうか、お願いですから老人ホームに行くなんて言わないでください。一生、私におばあちゃんの面倒をみさせてください」と土下座をしてお願いをしていました。

我が家を守り、ずっと私たちのために生きてくれていた姑のありがたさや、存在感の重みがひしひしと感じられて、こんなに素晴らしい家に嫁がせていただいたご縁の深さと感謝の思いがどんどん溢れ出てくるのでした。

さらに「実家の父や母にも本当に親孝行らしいことをしてあげられなくって、深く反省しています。この気持ちを後でちゃんと伝えなきゃと思ってます」と言うと姑は、「良いことだよ。実家のお母さん、お父さんにも気持ちを早く伝えた方がいいよ」と言ってくれたのです。

その後、気恥ずかしさがあったのですが、実家の母にも電話をし、「今まではしてもらうだけの私だったのですが、これからはしてあげられる自分になります。いつでも遊びに来てください。父さんといっしょに遊びに来てください。遊びに来たら部屋を掃除しておくので、ぜひ泊まっていってください」と伝えました。

今まではいろいろなところを見られるのが嫌で、遊びに来てなんて言えず、ましてや泊まらせることなど絶対嫌でした。でも本当に自然にそんな言葉が口から出たのです。母は後で姉に「優、どうしたの？　変わっちゃって」と言っていたそうです。

その日を境に私の人生は大きく変化していきました。

それからの毎日は、本当にありがたくて、朝起きたらまずは仏壇に手を合わせ、家族に挨拶し、姑に挨拶します。そして毎朝姑の部屋の掃除をさせていただきます。夕方仕事から帰ってきたら、まずは姑の顔を見に行きます。そして何かやることはないか聞きます。姑は「いいんだよ、疲れてるんだから、大丈夫だよ」と逆に私のことを気遣ってくれます。それがありがたくて、またおばあちゃんの顔を見るために、季節のフルーツやちょっとしたものを作って遊びに行きます（二世帯同居住宅なので）。それまでの私には、考えられないことでしたが、ただただ姑の喜ぶ姿が見たい、姑のお役に立ちたいという思いがそのまま自分の喜びになりました。

そんな私を見て子どもたちは「どうして急におばあちゃんと仲良しになったの？」と不思議に思っていたようです。

私の家では、朝は夫や子どもたちのベッドをきちんと直し、掃除をきちんとさせてもらい、家族全員が言葉を交わすようになりました。当たり前のことが今までされていなかったということに気づきました。家族の世話をさせてもらうことに喜びを感じられる自分になってることが不思議ですが、それが自然のことのように思います。今までは「なんで自分ばかりこんな世話をしないといけないの」と怒りでいっぱいでしたが、そんな思いもなくなっていました。

子どもの知り合いのお母さんたちとのやりとりや姑への思いを見ていた夫は「真我ってすごいな。神様みたいだ。後光が射している。そういえば、東京から帰ってきてからすべてがうまく運んでいる。不思議だよな〜」と言ってくれました。

私はあまり変化したという感じがしないのですが、あまりにも言われるので「どんなふうに変わったの？」と聞きました。すると「今まではいろんなセミナーを受けても口では『良かった』って言うけど、今回ほど行動が変わったことはなかった。すごい」とのことです。「前の私と今の私ではどっちがいい？」とさらに聞くと、「もちろん今の方がいい。どうぞこのまま真我優でいてください」とお願いをされたほどです。

その後、主人にも「私と結婚してくれてありがとう」と伝えると「オレは何もしていない。おれの方こそありがとう。これからもよろしくお願いします」と初めて言われました。

これは私にとっては本当に奇跡です。

姑を崖から突き落とすイメージを思い描かなければ眠れなかった暗い心が、たった二日の真我開発講座で蘇ったのです。

また、母である私と祖母である姑の関係を小さい頃から見ていた子どもたちも、私が姑を毛嫌いしていた頃は、姑の言葉も聞こうとせず、無視をしたり、馬鹿にしていました。姑が部屋に入ってくると、死んだふりまでする子どもたちを見ても、それは姑の態度が悪いからであり、嫌われるのは当たり前とさえ思っていました。

しかし、私の態度が激変し、姑を何よりも大切に思うようになると、子どもたちも自然とイライラすることがなくなり、姑に対して関心を持ち始め、いたわりの言葉すらかけるようになっていたのです。

当たり前のように、しかも誰かに強制されたりすることもなく自然な雰囲気で姑に接する優しい子どもたちの態度を見ていて感じたことがあります。もしも、私が真我に出逢っていなければ、私たち家族は、お互いを思いやることもせず、恨みと怒りと憎しみの家族関係がきっと連鎖のごとく続いていっていたと、恐怖すら感じました。

第二章　本当の自分

もともと誰にでもある本当の自分

この章では、私が受講した「真我開発講座」について少し紹介したいと思います。

「真我開発講座」にはいくつかのコースがあるのですが、私は最初に、その中の「未来内観コース」を受講しました。その基本理念は、

「人間はいつか必ずこの世を去る。

その時に最も大切なものが解かる……死ぬ時には、あなたのお金も財産も土地も肉体も大切な家族さえ持って行けない。

その最後に最も価値あるもの、最も大切なもの、本当の自分の心が浮き彫りになる。

それは死ぬときに解ったらいいのか。しかし、死ぬ時に解かってももう遅い。

では、いつ解かればいいのか。

それは今……今、『本当の自分』を知って、その心で残りの人生を生きていく。

そして、自分は何のためにこの世に生まれたのか、自分の使命は一体何なのか、自分は一体何者なのかを知る」

というダイナミックなものでした。


私は本当の自分を知った時に、生きることの尊さ、時間の尊さ、命の尊さが、この体の細胞のすべて、全身からものすごい勢いで沸き上がってきたのです。

この世を去る時に愛する人に囲まれて「最高の人生だった。自分の人生はなんて素晴らしかったんだろう。最高だった。何て良い人生だったんだろう」と思え、「いろいろあったけど、今となっては一点の曇りもない。やることはすべてやりきった。自分の人生の目的、自分の生きる使命、天命をまっとうした」と感じ、そして、愛する人に囲まれて、本当に心の底から『ありがとう！』と感謝の心に満ち溢れて、この世を去るとしたら……。

この真我開発講座の未来内観コースで、私は自分の人生の最後をリアルに体感し、最も大切なもの、生きる目的や使命をはっきりと感じとったのです。

アウトプットの人生

私たちは、本当はチューリップなのにバラのようになりたいと常に自分と他人を比較して、本当の自分以外のものになろうとしたり、自己暗示をかけて思い込もうとします。しかし本当は、私たちの心の奥には愛に満ち溢れた本当の自分、すべてに感謝出来る自分がもともといるのです。

私が今まで習得したヒーリングやセラピーのように、何かを自分に付け加えたり、自分以外の何かになるためにもう外から知識や方法論をインプットすることは必要ない、答えは全部自分の中にある、と真我開発講座を通して魂の底から解かりました。もともとある素晴らしい本当の心をアウトプットしていけば人生は必ず素晴らしいものになるということが理解できました。その素晴らしい愛と感謝と喜びの心で生きていけば運命が悪くなるわけがない、と素直に思えました。

心の三層構造・運命を変える

真我開発講座を編み出した佐藤康行先生は、人間の心を「三層構造」で説明します。その説明に沿う形で、心について触れたいと思います。

世の中には運のいい人、悪い人がいます。何をやってもうまくいく人、何をやっても逆に人とぶつかったり、病気になったりする人がいます。一体何が違うのでしょうか？　一体何が原因でこのような結果として現れるのでしょうか。その原因は一体何なのでしょうか？

その原因となっているのは、私たちの「心」です。

では、その心とはどうなっているのでしょうか？

心は大きく分けて二つの心があります。

一つは＋（プラス）の心、もう一つは－（マイナス）の心です。プラスは「愛」、マイナスは「恐怖」です。

野生動物などはシンプルですから、あらゆる原動力がこの「愛」か「恐怖」です。例えば、自分の子どもを愛する気持ちから餌を捕獲したり、あるいは住処を確保するというのは、この「愛の心」からの行いです。

マイナスの心とは、外敵が現れたときに恐怖心から身を守ったりするのが良い例です。シマウマが、ライオンが来たときに危険を察知して命を守るために逃げるというのもそれです。人間のように「恐怖を克服しよう」などとはしません。

このように愛も恐怖も野生動物の命を存続させるためにはどちらも必要なものなのです。


しかし人間はもう少し複雑です。

プラスの心とは、「明るく」「前向きに」「夢を持って」「希望を持って」「愛と感謝の心で」「素直な心で」「勇気を持って」「プラス思考で」という心です。マイナスの心は、「暗く」「後ろ向きに」「人を恨んで」「憎んで」「傲慢で」「偏屈で」「マイナス思考で」云々……どちらの心が原因となったら私たちの運命は良くなるのでしょうか。

それは、みなさん「愛の心（プラスの心）」と答えます。ここを間違う人はいません。

仮に今、刑務所に入っている人にこのことを聞いてみても、おそらく全員が「プラスの心」が原因になった方が運命は良くなると答えるはずです。

では、「今日から明るく前向きに夢を持って希望を持って生きてください。はい、どうぞ」と言われたらどうでしょうか。答えは解かっているのにそれがなかなか出来ないことが多いのではないでしょうか。

人を愛しなさい、仲良くしなさい、前向きに生きなさい……などと言われたことは頭ではわかっていますが、「好きだ、好きだ」と一生懸命自己暗示をかけても、いざ、目の前に嫌いな人が来ると「やっぱり嫌いだ」と心が感じてしまいます。あるいは、今の自分を何とかしようとして自己啓発の本を読み「そうか、プラス思考が大切なんだな。よし、出来るんだ、出来るんだ……」と自己暗示を強く自分にかけてみても、ひとりになった時、ふと力を抜いた時に「やっぱり、出来ないんじゃないかな」という心がわき上がってきてしまいます。

頭では理解している

私たちは、頭（観念）では「人を好きになって生きる方がいい」「出来るんだ、出来るんだ」と思いながら生きて行った方がいいということを理解しています。しかし、それは外側から教えられたこと、インプットの学びから教わったことであり、心の一番浅いところ（頭・観念）で理解しているに過ぎません。

私たちは「悩まないための心」とか「運を良くするための心構え」といったものは、頭ではすでに理解はしています。当然、マイナス思考よりプラス思考が良いということは誰でも知っていますし、愛の心、感謝の心が幸運となって返ってくるといった知識は、頭では解かっているものです。

しかし、実際はどうでしょうか。どれだけ「プラス思考で生きよう」と努力してもふと我に返った時に、どうしてもそう思えない心がわき上がってきてしまうのではないでしょうか。

嫌いな人を好きになろうと自己暗示をかけて「好きだ好きだ……」と言い聞かせても、いざ目の前にその人が現れると「やっぱり嫌いだ」という心がわき上がってきてしまう。「プラス思考で生きればいいんだな」と解かってはいるけど、目の前の状況を見るとどうしてもマイナス思考になってしまう、というのは誰もが経験していることだと思います。

このプラス思考には限界があります。

良い教えや考えをどれだけ学んでインプットしても、それは心の一番上の部分、「頭(観念)」という思考の中での話なのです。大多数の人は「頭では解かっている」のです。しかし、日常の現実に戻ると、思い通りに行かない出来事があれば「やはり自分はだめだ」と思う心が出てきたり、また他人から気に障ることを言われれば、一瞬にして「感謝しよう」という心が吹き飛んで「どうしてもそう思えない」心がわき上がってきます。「思おう」とする前に、「すでに思っている心」があり、その心は深く私たちに定着しています。もともと定着していた心ですから、後から「思おう」としてインプットした心よりも、圧倒的に強いのです。「思おう」として何度も反復して言い聞かせても、ふと力を抜いたときにわき上がってくる心だからです。

そのすでに思っている心というのは何なのでしょうか？　一体それはどこからわき上がってくるのでしょうか？

人間は記憶で出来ている

例えば、木で出来た人形が壊れたら木で直すはずです。粘土で出来た人形が壊れたら粘土で直します。では、人間が壊れたら何で直（治）すのか……人間は一体何で治したらいいのでしょうか？

今、世の中にはうつ病や精神疾患や様々な事件などが蔓延していますが、一体何で治したらよくなるのでしょうか。病院へ通院したり、薬を飲んでもなかなか解決の糸口が見つからないのはなぜでしょうか。

では、人間は一体何で出来ているのでしょうか？

人間を見ると、「肉と骨と皮で出来ている」と言えます。もう少し奥の方を見ると、人間のほとんどは水で出来ているというから、人間は水分で出来ているとも言えます。さらに細かく見ていくと、電子素粒子だとか、遺伝子だとか振動体で出来ているなどとも言います。確かにどれも正しいのですが、そのどれもが物理的な捉え方です。では人間は何から出来ているのか。

佐藤康行先生はたった一言、何の矛盾もなく「人間は記憶で出来ている」と言います。

「おぎゃあ」とこの世に誕生した時、すでに、おじいちゃん、おばあちゃん、そして、お父さんお母さんに顔が似ていたり、性格が似ていたり、また、その方々と同じような病気になる可能性を秘めて生まれてきています。つまりそれは、私たちのご先祖様の記憶が、遺伝子によって引き継がれている証拠です。私たちの顔も、性格も、ご先祖様から引き継がれた遺伝子の記憶なのです。

このように私たちは、遺伝子から、そして前世からの記憶が折り重なって生まれ、生まれてからは親からの育てられ方、兄弟、友達、社会に出てから出会った様々な人たちとの関わり、いろいろな体験経験がすべて記憶として私たちの細胞に何一つ忘れることなく、びっしりと記憶されていくのです。

過去の嬉しかったこと、悲しかったこと、楽しかったこと、騙されたこと、褒められたこと、辛かったこと、痛かったことなど、無数の出来事の記憶は、すべて私たちの中に保存されているのです。つまり、細胞に刻み込まれているのです。このような記憶は言葉を換えれば「潜在意識」あるいは「業《ごう》・カルマ」とも呼ばれる部分です。この業の心には、普段は意識されないような過去の膨大な記憶が刻み込まれています。その記憶は、私たちの外界（心という内界に対し、目に見える外側の世界）に、その記憶が刻み込まれた時に体験したことと似たような状況が現れたとき、その刺激によって引き出され、ふと頭にわき上がってきます。このふとわき上がってくる「すでに思っている心」は、まさに「業・カルマ」といった過去の記憶から来るものなのです。

もし、過去に騙されたというマイナスの経験が多い人は、近寄ってきた人を見ると瞬時に「また騙されるんじゃないか」という記憶がどうしてもわき上がってきます。そして、この記憶（潜在意識）は、頭で自覚的に覚えている記憶（観念）より圧倒的に力が強いのです。ですから、業の心に、マイナスの記憶が多ければ、当然そのマイナスの業に支配された心が出来事の捉え方やそれに対する反応に表れてくるわけです。

例えば、過去に人前で話をして失敗して大恥をかいた記憶が刻み込まれると、スピーチを頼まれる度にその苦い記憶が蘇って、また失敗を繰り返す場合があります。「あがるまい、あがるまい」と自己暗示をかけたところで、過去の体験に伴って心に深く刻み込まれた心の強さにはかないません。

また、例えば女性が若い頃に父親に強烈な恨みを持つと、一生涯、男性不信になってしまう場合もあります。

このような、過去の忌まわしい体験の強烈な心の傷を、心理学では「トラウマ（精神的外傷）」と言います。これも業のレベルに刻み込まれた記憶だと理解出来るのです。そして、過去の記憶であるこの業の心が、外界（現実世界）の出来事に対するあなたの反応を決め、あなたの人生を決定しているのです。

だからこそ、この潜在意識である「業」という過去の記憶に手を付けなければ、人生の問題の根本解決は不可能なのです。

インプットによる弊害

このふとわき上がってくる業をどうにかしようとして、私も過去様々な手法を学びました。トラウマセラピー、オーラリーディング、ヒーリング、瞑想、心理学、占いなどありとあらゆることを学びました。しかし、どれだけプラス思考をインプットしてもこれまで数十年の人生で刻まれた記憶、そしてさらに先祖代々、前世からも延々と引き継いでいる何千年、何億年の記憶と比較したならば、あなたかも大海に垂らした一滴のインクのようなものに過ぎませんでした。

逆に心のことを学べば学ぶほど、家族は「宗教にはまったのではないか」と離れていくばかりでした。それは、業の心に刻まれた過去の記憶はマイナスなのに、頭の知識がプラスになり、自分でも知らず知らずのうちに自分と家族の両方を裁いていたからです。

例えば包丁という道具があります。包丁は、研げば研ぐほど切れ味が鋭くなっていきます。この包丁を愛と感謝に満たされたプラスの心を持った人が使うと、どういう結果になるでしょうか。きっと、愛情のこもった美味しい料理になるでしょう。しかし、恨みや憎しみばかりのマイナスの心の人が使ったらどうでしょう。もしかしたら人を傷つけるという結果になる可能性もあるのです。

どんなに良い道具でも、どういう心でそれを使うかによって、まったく違う結果になってしまうのです。

つまり、「プラス思考」という道具を「マイナスの心」で使うと、結果は「人を裁く」か「自分を裁く」という行動につながるのです。「父や母、主人や子どもたちは自分が知っているプラスの生き方をしていない。なんてレベルが低いんだろう」と人を責めたり、「私はこんなに素晴らしいものを学んでいるのに、いつになっても結果が出ない。何て自分はだめなんだ」と自分を責めるようになります。

相手や自分を責めるのですから、ますます苦しくなり、苦しくなってはまた別の素晴らしい教えや手法を学び、学んではまた関係性が悪くなるという悪循環にどんどんはまっていくのです。

確かに、新しい教えや手法を学んだ時は一時的に心が晴れたり、気分が良くなることもありました。しかし、一週間も経つとまた別のマイナスの心に支配され、結局同じ事を繰り返すというパターンに陥るのです。

これらの一つ一つの手法は、ちょうど真っ暗闇の広い部屋を懐中電灯で照らそうとしているようなものだと佐藤康行先生は言います。こちらを照らせば、あちらが暗く、あちらを照らそうと向きを変えると、今度はこちらが暗くなる、ということの連続で、その場しのぎなのです。

ではどうすればよいのでしょうか。

懐中電灯ではなく、この部屋のスイッチをパチンと押したら暗闇を全部消し去るような、暗闇が一瞬で光になるようなものはないのでしょうか。

誰にでもある真我 ―本当の自分―

今までお伝えしてきた心の層（頭、業）のさらに奥に、もう一つの層があるのです。つまり、心は三層構造になっているのです。そして、この一番深いところにある三層目の心が内なるダイヤモンドのような「本当の自分」であり、ありとあらゆることを解決するマスターキーである「真我」なのです。

真我は「愛そのもの」の心、「喜びそのもの」「感謝そのもの」また「宇宙意識」「内なる神の心」とも言えます。完全で完璧な何一つ迷っていない素晴らしい心です。「人間は記憶で出来ている」と前述しましたが、「真我」は宇宙の記憶とも言えます。

この真我が心の最も深い部分に「すでに」存在しているのです。どんな人の心の奥にも共通して存在している、完全で完璧で何一つ迷いのない心、すでに愛している、すでに喜んでいる、すでに感謝している心、全体の心、一つの心、宇宙意識ともいう心です。

この真我については、そういう自分がいる、と言われても、普段は実感もなく、理解出来ません。たとえるなら、生まれてからずっと空が曇っており、雨が降っているとしたら、その雲の上に常に太陽が存在し、光り輝いていると言われても信じられないようなものです。ダイヤモンドの原石も、何も知らない人が見れば単なる石ころ、汚い石に見えるでしょう。しかし、その汚れの内側には、光り輝くダイヤモンドが間違いなくすでに存在しているのです。

真我とは、後で外から付け加えるような思想でも教えでもありません。真我は私たちのもっとも深い心にあるダイヤモンド、本音中の本音の心なのです。

私は「本当の自分」である真我に出逢い、輝くダイヤモンドの心が体の中から溢れ出し、瞬時に全身が「愛そのもの」「喜びそのもの」「感謝そのもの」の心で満たされました。それは今まで学んだこととはまったく違う、いえ、むしろ逆な感じで、教えや考えではない、もともと深いところにあった実相であり、魂の底から体感できた感激は言葉では表せませんでした。

業の心を闇にたとえたら、真我は光です。真っ暗闇の部屋に電気をつけるように、真我という光が業という闇を一瞬で光に変えました。それは、昨日出来た暗闇だろうが、一億年前からある暗闇だろうが、光を当てれば闇が一瞬で消えることと同じです。「こんなにも素晴らしい、愛そのものの自分が存在していた。これが本当の自分なんだ」とものすごい体感を私はさせていただきました。自分の内に眠る本物のダイヤモンドを見つけたのです。それはまさに神のごとき、光り輝くダイヤモンドでした。

「プラス思考」「積極思考」「愛」「感謝」と言葉こそ同じですが、今までの頭で理解していたことと、全身で体感をして気づくのとでは天と地ほどの差がありました。

これからはこの心、本当の自分で生きていける……そう思うだけで喜びが次から次へとふつふつとわき上がり、全身が魂の底から喜んでいる感覚がはっきりと感じられたのです。

そんな感動的な体感を真我開発講座でさせて頂き、私は自宅へと帰りました。

そして、その心のまま姑を目にした時、思わず「スミマセンデシタ！」と土下座して謝ることができたのです。

第三章　家族の絆、因縁切り

家族が真我に目覚める

私と姑との関係は良好になりました。しかし、主人と姑、そして主人と子どもたちのことは、まだ、それほど解決されないままになっていました。

そこで私は、主人と子どもたち三人を誘って、我が家代々の因縁を切るために、親子五人で真我開発講座を受講することにしました。

前章で紹介した真我開発講座の「未来内観コース」ではなく、もう一つ、初めての人でも受講できる「宇宙無限力体得コース」です。こちらのテーマ、手法については、第一章で紹介した『ダイヤモンド・セルフ』という本に載っています。その部分を少し引用して説明します。

私たちはどの次元を意識するかによって、物事の見方、発想がまったく変わってきます。高く上がれば上がるほど広く物事が見えます。一番高いところからは全体が見えるのです。では、最も高い次元はどこでしょうか。それは、宇宙の次元です。宇宙次元の意識から見ることで、物事の全体、そして完全さ、完璧さが見えるのです。

自分の人生における汚点、辛かったこと、許せない人などを完全だと思おうとしても思えるものではありません。しかし、そういった人生における不完全だと思っていた数々の出来事は、今までの経験の記憶により形成された不完全な心で捉えた不完全さであって、完全から見ればまさに財産としか思えないものになります。今までの出来事の何一つ欠けても、今の自分はない、かけがえのない完璧で完全なものだという事実が魂の底から感じられ、はっきり見えるのです。

あなたが最も高い完全な意識に入った瞬間、どんなに悲劇的に思えていた出来事も全体におけるその意味、つまり完璧さが見え、その出来事に対する感謝の気持ちがあなたの内側から湧き出してくるのです。

不完全な心で完全を見ようとしたら、完全なものまで不完全に見えてしまいます。ちょうど、曇った眼鏡でものを見ると、どこまでいっても曇って見えるのと同じです。

完全から見たら、不完全に見えていたものの完全さが、見た瞬間にわかるのです。

私たちの意識を一番高い次元、つまり、宇宙意識、神意識といった高い意識まで一気に上昇させ、完全なる神の視点からすべてを見ていきます。自分、家庭、会社、仕事、日本、世界、地球、宇宙など、あらゆるものを最も高い意識から見ていきます。なぜこれが可能かといえば、もともとあなたの「本当の自分」とは、その宇宙意識、神意識といえる高い意識に他ならないからです。その宇宙意識から見たとき、あなたやあなたにまつわることの真実が見えるのです。

（「ダイヤモンド・セルフ」より引用・一部編集）

私はすでに、ひとり先にこの「宇宙無限力体得コース」を受講していましたが、この完全な心、完全なる神の視点から、自分、家族を見た時に、あまりの衝撃からただただ唖然としました！　暗く後ろ向きだった自分を真我に導き、私が目覚めることを最も望んでくれていたのは紛れもなく父だったのです。あの父の一言一言があったからこそ、私は自分を探し求め続け、自分の心に本物のダイヤモンドがあったのだと気づくことが出来たのです。

その真実を体感した時、全身に電流が流れたように身動きがとれなくなりました。自分の役割、命を与えられた意味、そして家族の使命と役割がはっきりと解かった瞬間です。世の中にいるたくさんの苦しみの中にいる方々へ、ひとりでも多くこの素晴らしい心で生きることの尊さを伝えなければいけない、それこそが自分がこの世の中に生まれてきたことの意味だと、全細胞で悟った瞬間です。

自分のものだと思っていた物は自分のものではありませんでした。自分の体だと思っていたこの体は、何一つ自分のものではなかったのです。この目も鼻も手足も、髪の毛も口から出る言葉も、何一つ自分の物は無く、目の前に現れている人のために、ただただ存在していることを知りました。この性格も自分が体験してきた様々な出来事も自分の物では無かったのです。「自分」と思い込んでいた物は何一つ無く、すべて「神」が顕れた存在でその「神」として私たちは「一つ」だと気づきました。

自分と家族は一つ、また世の中の人も自分も一つ、真我として一つ。その事実に気づくためにたくさんの体験を通して今ここに生きている自分に気づきました。

その体験の苦しみの中にこそ「神の愛」が脈々と流れていたのです。

「真我を開くということは、精神的な悟りではない。もちろん学問的な悟りでもない。これは命の悟りなのだ」

佐藤康行先生が言わんとしていることが私の中に響き渡っていました。

そして、私たち家族は、この完全なる神の視点からすべてを見た時、みんな「愛されていたんだ」「満たされていたんだ」という事実に目覚めました。家族がそれぞれに持っていたフィルターを取り、透明な目で自らが愛に溢れることによって家族の本質が愛であることを見抜くことが出来たのです。みんなもともと一つであり、みんな愛そのものであり、あるがまま（真我のまま）で完璧でした。

真我開発講座「宇宙無限力体得コース」受講後の次男と主人の報告（佐藤康行先生に送った手紙）を紹介します。

【次男の報告】（一部編集）

十二月二十五日、僕たちは今日、家族五人での真我開発講座の受講へ出発しようとしている。

今日は彼女の誕生日でありクリスマスであった。正直な話をすると彼女と一緒に長くいたかったのだが、学校を早退して講座会場の大阪に行く準備をした。

家に帰ってきて支度を済ませて、おばあちゃんに挨拶に行った。

近頃、部活やら何やらで忙しく、おばあちゃんに会う機会も減っていた。久しぶりにおばあちゃんを見た感想はとにかく「短い間に歳をとったなあ。なんだかあまりに弱々しくておばあちゃんじゃないみたいだ」だった。忙しくて会っていないとはいえ、半年も一年も会っていないわけではない。長くても一ヶ月か二ヶ月だ。そんな短い間におばあちゃんは見た目だけではなく、性格までもが年老いて弱々しくなった感じだった。いつも元気で自分たちに少しうるさいくらいに絡んできていたおばあちゃんが、まさかこんなに弱っていたとはと、ショック以外の何ものでもなかった。涙も出てくるくらい悲しかった。おばあちゃんに挨拶を終えて、昼過ぎにいざ大阪へ出発となった。

車の中では映画の『おくりびと』のDVDを見たり、寝たり、音楽を聴いたり、話をしたり……。会話の内容は真我のことばかり。その車の中で父と母におばあちゃんに会った時の気持ちを話してみた。車の中ではそれほど深く話し合わなかった内容だったが、この会話が結果的に今回の受講でのメインテーマのようになった。不思議なことに長い長い移動のはずが短い短い移動に感じた。

大阪に着いた時にはもう午後十一時を回っていた。お風呂に入り、彼女とのメール。そして次の日の朝、大阪で一人暮らしをしている兄と合流した。懐かしく見えた兄は、痩せていてなかなかのイケメンにも見えなくもなかった。そこで懐かしの兄弟、家族での会話。やはり家族が揃うと落ち着くし会話が弾む。講座の開始時間が近くなってきたので会場へ移動した。

パッと見はただのビルにしか見えない。まあ、中の方も普通のビルなんだが、初めて入る雰囲気、初めて会う人ばかりで、正直、緊張した。このときには期待三割不安七割というところだった。

ここで父、母、兄はいろいろな人と会話をしていた。妹はやはり歳が離れているからかなかなか他の人と会話をしていなかったが、僕一人が空間に馴染めていない感じがした。

開始時間となり、スタッフが説明を始める。そして講師が二人登場した。M先生とK先生だ。K先生はダンスがうまそうな雰囲気で、M先生は笑顔が輝いていてたとえるなら巨人の原監督のような雰囲気だった。そして参加者の自己紹介が始まり、初めて見る人々がどんどん話を終えていった。

その中で僕たち以外に家族で受講している人たちがいた。Tさん一家だ。中でも自分より年下の子がいた。その子の自己紹介を聞いた時、僕は少し安心した。自分と歳が近い子がいたことで安心出来たんだと思う。やっぱり自分より歳が離れている人たちとずっといるのは不安があるし、少しストレスもたまるから、歳の近い子がいて良かったと思う。

そうしていくうちに母の自己紹介が始まった。「今回は先祖との因縁を切らなければならない」と。僕はその時、言っている意味が深くはわかっていなかったと思う。そして兄の自己紹介に。「人の目が気になる。杓子定規でしか物事を捉えられない」と。確かに兄は頭が固いし頑固で評価を気にしている感じがしていた。僕は兄が好きなので（もちろんライクで）、兄の気持ちが少しでも軽くなってくれたらいいなと思った。

父の自己紹介。「私は母（僕のおばあちゃん）との関係を良くしたい」と。いつも思っていたのだが父はおばあちゃんに会うたびに機嫌が悪くなるし顔にも嫌だというのが出ていた。そのことを話した事があったが、それを父なりに考えていたらしい。父も変わる時なんだなと思った。妹の自己紹介は、「人前で話すのが苦手だからそこを直したい」と。なんだか他の人の紹介からしたらそんなことかい！　と拍子抜けしてしまったのだが、こんな雰囲気の中で最年少でしっかり話している妹には少し感心した。

そして僕の番。来る前から話す内容は大体決まっていた。頭の中でもシミュレーションしていた。でも、いざ話し出してみたら口から胸から出てくる言葉は父に対する自分の感情だった。父と兄との関係、父と僕との関係、父とおばあちゃんの関係。僕がもともと話そうと思っていたことは部活のことだったのに、そんなことより今見るべきは家族の、父との関係なんだなと感じた。話し終わってみたら少し後悔。こんなこと話して父とどんな風にこれから接したらいいのか少し不安になった。

ひと通り自己紹介も終わり、休憩に。休憩時間にたまたまトイレの前で母と妹に会った。母は「ナイス！」と褒めてくれたが意味がわからず。自分の話したことにそこまで褒められるとは思っていなかったので少し驚いた。

そのあとは講師の話を聞いてワークを行っていき、いよいよメインパートに。講師が言うようには最初はなかなかうまく書いたりできなかったが、慣れてきたらペースがあがっていった。僕は講師のテーブルに一番近い窓側の席にいたので、時間が経って真我が開いた人の様子がかなりわかった。泣く人や笑う人、いろいろな人がいたが、とにかく一番驚いたのは大声を出して泣き叫ぶ人がいたことだ。あれには驚いたというか正直少し引いてしまった。

この慣れない状況の中、僕も講師からＯＫをもらい、真我が開いた。そこで、僕のメッセージを父の席に行き聞かせると、なぜか涙が出てきた。僕の目から、そして父の目からも。メッセージを伝え終えて、なんだか達成感を得た。

自分の席に戻って余韻に浸っていると父が講師のチェックを受けOKをもらっていた。多分初めてのOKだったので、おばあちゃんをテーマにしての事だったと思う。父がOKをもらったときに僕もまた号泣。なぜ泣いているのかはわからなかったが涙が溢れてきた。

そんなこんなで初日は終わった。今日一日は慣れない環境づくしだったので自分に深く入り込めなかったような気がした。次の日こそは……密かに闘志を燃やしていた僕であった。


二日目。朝から昨日の続き。昨日の感覚が戻ってきて集中してきたところで肩を叩かれた。母だ。母が涙を流しながら僕にメッセージを聞いて欲しいとやってきた。すべて聞く前に号泣してしまった。この状況で母をテーマに取り組んでみた。講師にすぐOKをもらい、何も言われなかったが母のもとへ。僕のメッセージを母に聞かせてみた。すると、自分も号泣し母も号泣して抱きしめ合って号泣。なんか一番真我が開けた瞬間だったと思う。そのころには他の人が泣き叫ぶのさえ心地よく感じ満たされた感覚が僕を包んでいた。そんなこんなで時間は過ぎ、最後に受講を振りえっての感想発表があった。

父は「私の悩みは母のことで上だけを見ていたのに、まさか子どもからもきて上も下も見なければならなくなって困った」というようなことを言っていた。もう泣きそうな声。そんな父を見て「ああ、変わったな。受けて良かった」と心から思った。

最後には講師の体験談を聞かせてもらった。M先生の体験談。聞いていて笑うところはあるは共感出来るところはあるはでホントに良いことを聞けたと思った。僕が一番共感出来たところは「大変な所に来てしまったな」という場面。僕も全く同じ事を思っていた。でも僕は二日目にしてみんなと同じくらい泣いたし、母と抱きしめ合ったしなかなか自分も凄い部類に入るのかなと思った。

僕たちの今回の家族五人での受講は幕を閉じた。

家に着いて次の日におばあちゃんへ挨拶に。なんだかおばあちゃんが元気に若くなった気がした。今回家族で受講してみて……本当にかけがえのない物を得られた気がした。家族五人での受講。本当に意味があった。

僕からこれから受講する人たちにアドバイスできることは家族、友人、恋人と一緒に受講してくださいということ。受講して真我を開いてすぐそこに家族、友人、恋人がいたらすぐに言いにいけるしホットな状況で深く真我が開ける。せっかく開いたのに家に帰ったら恥ずかしくて言えないなんてなったらもったいないから。一緒に受けたら真我の実践がすぐに出来ていいと思う。だから大切な人と一緒に受講してみてください。

最後にまだまだ僕は真我を開きたい。だから今年は受験なので受験が終わったら講座にも多く行ってみたいなと思う。みなさんこれからも真我を実践し、愛を感じて生きていきましょう。
この世の中には、恋人には、友人には、家族には、自分には、
愛がいっぱ〜い――――――――――!!!!!!!!!

【主人の報告】（一部編集）

十二月二十六日、二十七日、私たち家族五人は真我開発講座の「宇宙無限力体得コース」を受講することが出来ました。五十二歳の私、四十六歳の妻、二十一歳の大学生（長男）、十七歳の高校生（次男）、十歳の小学五年生（長女）の五人です。夏に、妻から「家族全員で真我開発講座の「宇宙無限力体得コース」を受講しよう」という呼びかけがありました。その時「いいよ」とは言ったものの、私は妻が「家族揃って受講したい」という感情的な気持ちから発した誘いだと思っていまし

た。

妻は子どもたちにも呼びかけました。子どもたちは、「日程調整すれば参加できる」ということでした。私は妻にずっと「五人全員なんて無理だし、お金ももったいない。無理は絶対だめだから、無理矢理は誘うな」と言っていました。私は直前まで、いや当日の朝まで、おそらく三人の参加（私・妻・次男）がせいぜいだろうなと思っていました。

二十五日、私たちは大阪へ出発しました。十一時間半かけて四人で出発し、大学生で大阪在住の長男とは翌二十六日朝に合流することになっていました。そして二十六日の朝に私たちは合流し、五人が一緒に受講できたのです。私は不思議な感覚でいました。五人揃って受講できるなんてどのくらいの確率で可能なのだろうと。さらには、五人一緒に受講することの意味が何かあるのだろうかということ。それが見事、受講二日間で知ることになったのです。

講座が始まる前、隣の受講者と話をしました。「家族五人参加だそうですね。でも、子どもたちと一緒に受講するのはどんなものでしょう。泣いたりしちゃいますよね、子どもたちの前で。親の威厳もあるしね……」。そう聞かれた私の返答は、「そうなんですよね。子どもと一緒というのはどうなんだろうかなあって、心配しています」でした。これは、本心でした。

講座が始まり、間もなく講師から「どんな問題を抱えて受講されましたか？　みなさんの前でスピーチしていただきます」とのこと。えっ、問題？　悩み？　解決したいこと？　自分の問題、悩み、解決したいこととは何だろう？　そう思っているうちに、順番にスピーチが進んできます。私は参加者のスピーチを聞きながら、何を喋ろうかと考えていました。すると大学生の長男が「自分はものごとを杓子定規にしか捉えられない。どうしたらいいものか」という悩みを打ち明けました。「息子は悩んでいたのだ。そういう見方しかできないような育て方を私がしてしまっていたのだ」とその時、自分を省みました。そしてその瞬間、自分の解決しなければならないことを真剣に探し出しました。そして、ここ一週間のことが思い出されました。

一週間前、高校生の次男から「父さんは、おばあちゃんが父さんの所へやってくると、明らかに表情が変わるよな。嫌そうな顔する」と言われたのです。小学生の娘も「うん。嫌な顔する」と。私も、自分自身うすうすそうは感じていました。でも、子どもたちから面と向かって直接言われたことにショックが隠せませんでした。子どもたちには、「普段からおばあちゃんを大切にしなさい」と言っていたのに、自分はそのようにはできていなかった。正直、母親を「うざい」と思っていました し、手を握ったことも「手を貸して」と頼まれても手伝ったこともありません。他のおじいちゃんおばあちゃんは大切にしないといけないと感じるのに、自分の母親にはそのような感情が出てこないのです。さらには、次男がおばあちゃんに大阪出発の挨拶をしに行って来て、「おばあちゃんがあんなに衰えていたなんて、びっくりしてしまった。涙が出てきたよ」と車の中で言っていました。私には、そのような感情がなかったこと、そして息子からそのようなことを言われたことがショックだったことを思い出しました。自分のスピーチの番がきて、そのことを話し出しました。なぜか話し始めたときから、涙が溢れ出てくるのでした。「なんだろう、この涙は?」と思いながら、溢れる涙を抑えられませんでした。

そして、高校生の次男のスピーチの番になりました。次男は高校野球をやっていましたので、解決したいことは野球の事だろうと思っていました。地方大会優勝を目前にして負けてしまったこと、甲子園出場を逃してしまったこと、小・中学校は野球部のキャプテンで注目を浴びていた彼がレギュラーを外されてしまったこと。彼には高校野球のことしかないと確信していました。するとどうでしょう。次男は「ここに来るまで、高校野球のことを解決したいと思ってきました。でも、父のスピーチを聞いて、自分も野球よりも解決しないといけないことを見つけました。自分はずっと、父親との関係に悩んできました。しっくり来ないんです。母親との関係は良いのだけれど、父親との関係はこのままではいけないと思っています」

私は目前の母との関係性だけでなく、後ろからの子どもとの関係性についてもガーンと殴られた気がしました。母親との関係を改善しなければと気づいた直後に息子から「私との関係を改善したい」と言われたのです。私はこんなにひどい環境にいたのかと気づかされました。問題の所在に身震いするほどでした。「私たち家族はどうなるのだろう」「このまま一緒に家に帰れるだろうか」「帰り道、辛いだろうな」……。講座が始まってわずか一時間、私は「大変なところへ来てしまった」「大変なことに気づいてしまった」「大変な人たち（家族）と一緒に参加してしまった」と、後悔のような気持ちまで持っていました。

そして二日間の講座の間、私はどれほどの時間を費やしたことでしょうか。自分に正直になり、素直に講師の先生の導きに従いました。私は自分の真我が開き、母親にも妻にも子どもたちに対しても、懺悔の念と感謝の気持ちが溢れ出ました。私はこの二日間の「宇宙無限力体得コース」で、人生観、世界観が一変しました。そして、これからの自分の人生も絶対に変わると確信できました。子どもたちからメッセージを直接聞き、私も子どもたちの前で泣きながらメッセージを伝えました。大学生の長男からは、「二十一年間生きてきて、初めてあなたの涙を目にしました。でも、そういうのもいいなあと思います。自分の母親とも少しずつ改善できることを願っています」と言ってもらいました。そして、あの高校生の次男とは、講座の後半からは目が合うとお互いがニッコリし合えました。とりたてて何かを話さなくても、通じ合えるものがあると確信できました。お互いそうだったと思います。

心配された帰り道、私たちは幸せな気持ちで十一時間半を一緒に過ごしました。帰りの車の中は、「真我」のこと、講師の先生のこと、自分の変化のこと……と、何度も何度も同じ話をしたり、気づきを伝えたりしました。

その時になって、講座の開始直前に隣の人と話をしたことの答えも出ました。「家族揃って真我開発講座を受講することは最高です」と。家族揃って一緒にお互いが高まるのですから。高校生の次男も言います。「一緒に受講し、メッセージをその場で伝えるというのは、その場で真我を実践することだね。その場で実行できるから、いい」と。大切な人と最高の時間を共有し、真我について同じ気持ちを持てたことに最高の喜びを感じています。

そしてもう一つ。今回、家族五人が受講したことの意味がはっきりとわかりました。私は、妻と子どもたちに真我に導いてもらったのだということを。自分の問題に気づかされ、家族の関係に気づかされたのです。今回の家族五人揃っての受講は、家族みんなが私を連れてきてくれたのだと感謝しています。

自宅に到着したのは深夜でした。翌朝、私は意を決して、母親の所へ向かいました。講座で講師から言われていましたが、妻が最初に受講したときの変化を見せた姿を目の当たりにしていましたから、絶対に自分も真我の心で実行しないといけないと決心していました。心が変わっても態度が変わらなければ人生は変わらないと思っています。「心を言葉にして態度にしてこそ、力になる」ことを知っていましたから。

私は母親の前で、真我開発講座を受講してきたこと、家族五人で受けてきたこと、子どもたちから教えられたことがたくさんあったこと、母親との関係を解決してきたこと……を話しました。途中から涙で大変でしたが、初めて母親の手を握りました。両手で握りました。母親も泣いていました。最後に「母さんが生きているうちに『ありがとう』を言えて良かった。生きているうちに『ごめん』と言えて良かった」と言って、母親の肩を抱きました。母親は、高校生の次男が言うように本当に小さくなり、華奢になっていました。私は、母親が生きているうちにこれらのことに気づき、解決できて本当に幸せを感じています。充足感でいっぱいです。ありがとうございました。

この報告を書いていて、今、新年が明けました。年末の時期に受講したことも大変良かったと思います。一年の最後、そして新年を迎えるという節目の時に、先祖、父母、妻、子どもとの絆を感じることが出来ました。心より感謝申し上げます。

平成二十一年大晦日から平成二十二年元旦にかけて

主人が子どもたちと一つになり、姑に心から感謝をしてくれたあの日、私も姑と抱き合って泣きました。「嫁にさせていただいた大きな役割をようやく果たすことが出来た……」そんな思いがふとわき上がり、嫁としての肩の荷を一つ降ろせたような感覚になったのです。

家族全員が、本当の自分、真我に目覚め、素晴らしい年末年始を迎えることが出来、最高に幸せで忘れ得ない出来事になり、感謝で胸がいっぱいになりました。

家族のことでは、さらに続きがあります。

姑の旅立ちと真実の愛

私が真我開発講座を受講して三ヶ月後に姑も受講し、本当の自分に出逢いました。

最初に私が受講して一番苦手だった姑と和解し、姑も本当の自分に出逢い、家族六人全員が真我に目覚め「これから！」という時に、二〇一〇年十一月、突然姑が亡くなりました。

「どうして、この時期に？」と信じられない気持ちでしたが、姑が命を賭けて残してくれたメッセージがあったことを知りました。亡くなってから見つけた姑の日記を見て、それを伝えなければいけないと感じました。

そのお話をさせていただきます。

姑は、嫁になってこの家に入りました。

我が家は十七代続いた由緒ある家柄のようでした。舅が事業を始めて、一時は数億という借金で大変だったようですが、その後は順調に仕事が伸び、羽振りも相当良かったようです。ただ、家族関係が良くなかった……。

私が主人と結婚する時は気づかなかったのですが、姑は舅とはずっと以前から別居をしていたようで、舅はここから遠く離れた東京に住んでいたようです（ずっと隠されていたため、知りませんでした）。

姑は舅がおらずとも、この家のお墓や仏壇を嫁としてずっと守ってくれていました。そして、息子たち（主人と主人の弟）が結婚したことを機に舅とは籍を抜き、離婚をしました。

ところが、舅が病気をし、入院をした先で亡くなったという連絡を受けたのです。それが十数年前のことです。姑は病気と聞いても、絶対に見舞いにも行かないし、葬式にも出ないと息子である主人に話していたそうです（舅には他に女の人がいたようです。これも日記ではっきりとわかりました）。

東京で荼毘に付し、こちらで葬儀も行いましたが、その葬式にも姑は出席しませんでした。でも、仏壇は我が家にあるので、舅の戒名と写真は当然、我が家に入りました。

離婚しても長男だから我が家の墓に入るのは当然として、それを毎日拝む姑はどう思っているんだろうと不思議に思ったことはあります。ただ、舅が事業に失敗し、何償という借金を背負い、返せるかという時に女を作って出て行ってしまった舅に対する思いは、聞いたことはありませんでしたが簡単に想像できました。

でも、それは私が結婚する前の話で、私には一切関係のないことと思い込んでいました。私は十七代も続いた家に嫁になったことも、あまり深くは考えてなかったのです。逆に、面倒くさい家に嫁いできてしまったと、マイナス面ばかりを見ていました。

そして四年ほど前、私は姑を真我開発講座に誘い、東京まで車に乗せて受講してもらいました。

真我に出逢った姑は本当に輝いていて、長年の辛い思いが本当に軽くなったようで心から喜んでくれました。そんな姑を見ているのが、本当に嬉しくて、ありがたくて感謝しました。

そして、自宅に帰る車の中で、姑がぽつりと、

「優さん、私はずっと仏壇やお墓を守ってきたけど、本当の先祖供養というのは本当の自分に出逢う事じゃないかな……そんな風に思ったんだけど、変かな？」

と言うのです。

この言葉を聞いたとき、私は姑が受講してくれたことが間違いじゃなかった！　そう強く思いました。

さらに、

「優さん、人って死んでからも愛情って続くものかしら……」

と聞くのです。

「もちろん！　愛は永遠に、肉体が亡くなっても絶対続いてますよっ！」と私が言うと、「……うーん……」とうなずきなら、姑は本当に安堵の表情を浮かべたのです。

そして舅のことをぽつりぽつりと話してくれました。

実はずっと不仲できていたこと、憎んでいたこと、仏間に掛けられた遺影を見据えることが出来なかったことでした。その重く沈んだ心がようやく晴れたと教えてくれたのです。いろいろなことがあったにせよ、姑は舅に対する深い真実の愛を実感したのだと解かりました。

実は真我開発講座を受講するまで姑は、家のお墓に入らず、他のお墓を購入して入ろうかと考えていたらしいのです（嫁で、離婚をして籍を抜いてますから）。しかし、受講後に一度だけ主人に「おじいちゃん（舅）と同じお墓に入りたい」と言っていたことを知りました。あれほどのことがあったのに、姑は本当の自分に出逢ったことによって心の中でしっかりと舅を許し、和解していたのです。

そして二〇一〇年の九月、仕事に出かけようとした私に二冊の遺言ノートが手渡されました。姑は非常に心配性で、十年前からもしもの時のために書きためていた遺言ノートでした。

どうして実の息子ではなく、私に渡したのだろう？　疑問に思いましたが、主人に伝えても主人はそのノートを見ようともしません。

それから二ヶ月後のある日、姑は自宅で倒れました。私が発見し、救急車を呼び、病院に運ばれましたがわずか二時間で息を引き取ったのです。あの日、朝まで元気だった姑は突然この世を去りました。

しかし、姑が息を引きとった瞬間、私は「すべてをやりきった！　ありがとうございました」という思いしかわきませんでした。

子どもたちも泣いてましたが、「おばあちゃん、真我に出逢って、本当に良かった」と口々に言ってくれたのです。

もし、真我に出逢わず、家族の仲が悪いままこの世を去っていたらと思うと、本当に大変なことだったと実感しました。

姑が亡くなる最後の一年間は、家族六人が全員真我に出逢い、家族が一つになった素晴らしい日々で、最高に幸せでした。

それからバタバタと葬儀の段取りをし始めたのですが、姑の生前の願い通り姑を「この家のお墓に入れてあげたい」と主人も私も同じ考えでした。

そんな時、主人に、

「おふくろは優に本当に救われた人生だったと思う。おふくろだけじゃない、実は親戚も救われていたんだよ」

と言われました。

どういうことなのかすぐには解かりませんでしたが、姑をお墓に入れるために、親戚の方々に頭を下げて了解を得たところ、「もちろんだよ」と快諾してくれました。そして、逆に「優さん、この家に嫁いで、いろいろ今まで大変だったでしょう」といたわっていただいたのです。

「そんなことはないです。嫁にさせて頂いたことを本当にありがたく思ってます。私は本当にこの家にご縁をいただき幸せです」と伝えたところ、おばさんが「そこまで言ってくれるなんて、本当にありがとう。この家を守ってくれてありがとう」と言いながら、感謝をしてくれ、泣いてました。

姑は親戚ともいろいろあったようです。皮肉にも姑が亡くなった後で、いろいろな確執がまたしても紐解けたのです。

それから、姑の荷物を片付けていたところ、本物の遺言状が出てきました。

遺言ノートを預かったのも私、倒れた姑を見つけたのも私、遺言状を見つけたのも私、どうしていつも自分が見つけるのだろう……と主人に言ったところ、

「おふくろと優は本当に心から許し合っていたということが、これでわかった」と言われました。

その言葉で、私は姑から許されていたのかとようやく気持ちが楽になったのです。

そして、姑の日記を片付けていたところ、私が真我開発講座を受講し、姑に謝罪した日の日記が出てきました。そこには「優さんが、ようやく我が家の嫁になってくれた。ありがたい」とありました。

姑の生前の厳しさは、私をこの家の嫁にしよう、子どもたちをしっかりと育てたいと必死だったからなのだと改めて感じました。そして、生きているうちに姑にそのような姿を見せることが出来て、本当に良かったと心から思いました。

お葬式も、主人の言葉一つ一つに亡き姑への感謝の言葉を感じ、本当に感動でしたし、子どもたちも全員弔辞を読み上げてくれました。

その中でも、次男が、

「自分はこの家の子どもとして、おばあちゃんの家の子どもとして生まれることが出来て良かった。今まで本当にありがとうございました」

という言葉を述べてくれた時、自分がこの世に生まれてきたこと、そして我が家の子どもとしてここに命を授かったことを肯定してくれたことが、何よりもありがたくて言葉がありませんでした。それを聞いていた、和尚さんも感動の涙を流していました。

お葬式に出席されていた方々が、「感動のお葬式で本当に素晴らしかったです」と言ってくれるのです。

人がこの世を去る時、しかもお別れの時にこんなにも感動の別れ方があるのかと、改めて愛で生きること、愛を実践することの素晴らしさを教えていただきました。

姑がこの世を去って一年半が経ちました。

仏壇に毎朝向かい、姑の写真を見ると、まだ姑が話しかけてくれるようで涙が込みあげます。そして、姑が自分の命をかけて「しっかりと真我で生きなさい」と家族が一つになることの素晴らしさを教えてくれていたように感じます。

姑は自分の役割をすべてやりきって、この世を去ったのだと思います。いつもは乱雑な姑の部屋が、倒れた当日は見事に整然と片付いているのを見て、今生の業・カルマをきれいに浄化して、この世を去ったのだとわかりました。

そして、私がこうして体験をお伝えさせていただけるのもすべてこのような経験をさせていただき、ご縁をいただいた今は亡き、姑の大いなる愛のおかげです。

第四章　連鎖する奇跡の体験

嫁姑の闇が光に変わった数々のご報告

本当の自分に出逢い、私の人生は救われました。

先日、仏壇に手を合わせ「この本の執筆の報告」をしていた時、「私とあなたはこの体験を伝えるためにご縁を持ったのだから、二人の間に起きた出来事を多くの人に伝えなさい」

という声が聞こえ、その直後不思議なのですが、真我に出逢ってからの出来事が走馬燈のように見えました。


私は、亡き姑、亡き舅、両親、祖父母、すべてのご先祖様から間違いなく役割としてこの素晴らしい真我の心、本当の自分で生きた時に起きた奇跡の体験を伝えるように託されていると揺るぎなく感じております。

この感覚は、佐藤康行先生の著書『図解　神のメッセージ2』のあとがきに書かれている『神運』というものに近いかもしれません。この部分を抜粋して紹介します。

『神運《しんうん》』とは

人の運は、幸運、不運といろいろある。

また、幸運の中にも強運といわれるものもある。

しかしこの幸運も強運もすべて己自身のことである。

幸運を追求することは、エゴにつながっていく可能性があるのだ。

私は、幸運・強運の更に一段上に『神運』というものがあると、インスピレーションで感じた。

『神運』、神の運である。

これはどういうことかというと、自分の身に起きることが、良いと思われることであれ、悪いと思われることであれ、その体験自体が、社会のため、人類のために生きてくる、ということなのである。

良いと思われることは、更にそれを世の中と分かち合う。

悪いと思われることは、そのことがもう起きないように、という教訓として多くに人に伝えていく。

自分の身に起きることがまさに世の中全体に起きることにつながっていくのである。

だから、社会に出て、様々な苦しみを味わい、立ち直った方の体験談が、本になったり話として伝わり、それによって多くの救われる人が出てくる。

それは、その人の苦しみの体験が多くの人を救う道につながっているからなのである。自分の身に起きたことは自分ひとりの問題ではない、ということなのである。

自分が体験し、味わうことによって、人の身代わりになっていく可能性があるのだ。

キリストの十字架もそうである。

キリストが十字架にかかることによって、

「キリストとは肉体ではないのだ、キリストとは真理そのもの、愛そのもの、真我のことなのだ」

ということを、むしろ自分の身をもって証明し、多くの人に伝えたということなのである。

あなたの身に起きることが良いと思われることであれ、悪いと思われることであれ、そのあなたの体験が多くの人に生きてくるようになっていったら、まさにそれが真我の道と言えるのである。

単に自分の幸福や豊かさだけを求めるのではなく、もう一段、上を目指したい。

これを私は『神運』と言っている。

人は何のために存在しているのか。

自分一人で生きているのではない、生かされている。

そしてまた、多くのすべての人のためにも生きているのである。

もうすでにあなたの足元に示されている『神運』を読み解くことが大切であり、それこそまさに「神のメッセージ」なのである。

佐藤康行

（『図解　神のメッセージ2』日新報道刊）

実は以前より私が直接体験談を話し、それを聞いてくださった方々の中で、嫁姑の確執を見事に解消されて喜びに溢れた関係になっているというご報告が数多く寄せられるようになりました。その真実の体験談をご紹介したいと思います。

【四〇代　女性　Hさんから寄せられた体験談】

私は結婚して最初の六年間は主人の両親と別居していました。主人の祖母の死や子どもの幼稚園入園などのきっかけで主人の両親と同居を始めました。その時、上の子が三歳、下の子が一歳でした。

同居当初は狭い家ながらも、お互いを思いやり、舅や姑は家事や子育てを手伝ってくれました。今まで家事や子育てのほとんどをひとりでやってきていた私にとっては、ありがたくて、心に余裕が出来、同居してよかったと感じていました。上の子が幼稚園の入園時に仲良くなったママ友にも、舅姑はいい人だと言っていました。ところが下の子が幼稚園入園時には舅姑の悪口ばかりを言っていました。とくに姑の事を悪く言っていて主人にもグチを言っていました。今思えばその頃からでしょう、主人と私の気持ちに少しずつズレが出ていったのは……。

私は姑とは極力会話を避けていました。必要以上には話をしないのです。いや必要最低限のことしか言わないのです。一言えば一〇も返ってくる、一つしか聞いていないのに余分な物が付いて一〇になって返ってくるのが苦痛でした。

そのうち挨拶すらしなくなりなした。嫁姑同士はお互いを避けていましたが、子どもに対しては姑も私も子どもを思う愛情は変わらないので、姑が声のトーンを上げて子どもに声を掛ける姿を見て、私との態度の差は何？　と感じ、嫌味な人と思っていました。私は心が皮肉れて、ちょっとしたそんな態度から何でも悪く捉え、毎日悪循環を繰り返し過ごしていました。何もないのにイライラする毎日、そのうち姑の姿が見えただけでイライラ度が上がり、見ないように避けました。

そんなある日、私は主人が不倫をしているのを知りました。その時すでに四年ぐらい付き合っていた状態でした。衝撃でした。主人がそんな事をする人とはまったく思ってなく、心の底から信頼していたので、相当なショックでした。もう子ども以外の家族は誰も信用出来なくなりました。

相手の女性は私の知っている人だったので、身元を調べたりして私は証拠集めを始めました。でもそのうちに急に悲しさが溢れ出て、生まれて初めてひとりでおいおい泣きました。当初は友人に相談しましたが、実家の親や、ましてや舅姑に相談することもできず、どんどん気持ちは沈んでいくばかりで、自分の存在意味がわからなくなってきました。何とかこの状況を解決したいという思いで、弁護士事務所に行くか、たまたまパソコン検索で見つけた真我開発講座に行くか迷いました。

結局、真我開発講座に行きました。そちらを選んだのにも理由がありました。夫婦がゴタゴタ揉めているのにもかかわらず、私は妊娠しました。でもすぐに流産しました。その一ヵ月半後に相手の女性も二回目の妊娠と中絶をしていたのを知りました。心が砕けそうでした。自分の心がおかしくなりそうでした。今思えば、この状況が私の背中を押してくれて、真我開発講座の受講を選ばせてくれたのだと思います。

真我を開いてから、状況が少しずつ変わり始めました。主人がお皿を洗ってくれたり、家事を少し手伝ってくれるのです。今まで家に帰ってこなかったり、午前二時、三時に帰ってくるのが当たり前だったのが、十一時ぐらいに帰ってくるようになりました。また、高級志向が強かったのが以前のレベルに戻り始めました。

そして私の心も、死ねばいいのにと思っていた相手の女性を許すことが出来ました。この時点では、主人は完全にその女性と切れた訳では無かったのですが、もう問題が問題で無くなりました。私の心がその方向に行くと、だんだん夫を許せるようになりました。

私は自分の事しか考えてなかったと反省し、彼らも実は苦しんでいたんだなと気づきました。

夫婦の問題は、私の中では一段落ついた、区切りが出来たと思い、もう何も問題は無いはずでしたが、夫婦問題はきっかけに過ぎず、この問題より以前から存在するもの、嫁姑問題がそれから浮かびあがってきました。この世に絶対許せない人がいる、それは姑でした。今思えば、なんでこの人なのかと思う理由がありました。実は、私が夫婦問題を姑に相談した時、姑は「ごめんね」と謝ってくれましたが、最後に「あまり（主人を）責めないで」と言ったのです。私は「ああ、やっぱりね」と思いました。やはりこの人は私の事より自分の子である主人の味方なんだと思い、その時から姑は敵になったのです。舅は私たち夫婦の修羅場は何も知りませんでしたし、「おじいちゃんには何も話すな、あの人は自分を責めるから」と姑に口止めされていた（それにも不満をもってました）し、三世代が同居しているのであからさまに、嫁姑が激しく口論する訳でもありませんでした。普段はそんな風に、表面上は何の問題も無いように私生活を送っていましたが、やはり私は敵である姑を避け、家事の手助けをしてもらっても感謝できず、姿も見たくない姑を無視する行動に出ました。そんな状態で夫婦関係も本当はうまくいくはずがないのです。相手を許せてもやはり疑う気持ちは正直ありました。

真我開発講座の最高峰のコースを受講した時、心が何も引っかからない、真っ白な状態でないと駄目なんだという事に気づかされました。そして、「嫁姑問題は多澤さんの体験談を聞けばいいよ」と佐藤康行先生に言っていただき、多澤さんから体験談を聞くことが出来ました。多澤さんの嫁姑関係は私ととても似ていたところがあり、こんなに似た人もいるんだと思いました。また、「とにかく実践したらいい」と言って頂きました。佐藤先生や受講生仲間にも同じ言葉を頂き、「やっぱり実践だな」と思いました。でも正直あまりしたくないという思いもどこかにありながら家路につきました。

翌日の朝、躊躇《ちゅうちょ》する気持ちもあったのですが、多澤さんや佐藤先生、みなさんから「実践するんだよ」と背中を押して頂いたことで、もうするしかないと決心し、とりあえず、姑に謝りたかったのとお礼が言いたかったので「今まで私は何もわかっていなかったです、すみませんでした！」と姑に謝りました。言いながら涙が溢れてきました。その時、本当はいろいろと他に伝えたいことがあったのですが、先に涙が出てしまって気持ちがこみ上げて言葉に出来ず、うまく言えなかったのですが、姑も何か感じとってくれた様で、涙を流してくれて、いろいろな話をしてくれました。その中で「私は、今まで誰にも意地悪をした事がない、いつでもあんた達を思ってる」と言ってくれました。それは、本当にそうでした。姑が意地悪をした事なんてありませんでした。夫婦問題があった時、姑に相談しても結局は何も出来ない何もしてくれないと思っていたのですが、私が勝手にそんな風に思い込んでいただけだったのです。私が勝手に意地悪な人、嫌味な人とか思い込んでいました。本当は姑が私たちの事を一番心配してくれていた人なんだと気づきました。

こうして話が出来ただけで目の前の姑が今までと全然違う人に見えて、あんなに姿を見るだけでも嫌だった姑のことがとても気になるようになりました。姿を見るのも、同じ部屋にいるのも、何気ない天気の話を聞くのも嫌だった人なのに、今では「何をしているのかな?」とチラッと、部屋にいる様子を見に行ったりして、逆に気になる存在になりました。姑との何気ない会話も楽しめるようになりました。

本当に自分でも不思議でした。姑に話をしただけで自分の心の中であれだけ嫌いだった人がこれだけ変わるという、自分の気持ちがこんなに変わるということが実践することで体験して、「この実践はすごい」と本当に実感しました。

私の場合、この実践には2パターンの体験があったと感じています。一つは、自分の心が少しづつ変化していくと共に徐々に相手を許すことが出来たパターンと、もう一つは、まったく実践するまでは憎い心のまま変化していない状態だったものが無理やり実践したら本当にすぐに相手を許すことが出来たパターンの二つです。

この姑との出来事をどうしても夫に聞いて欲しくて夫に姑のことを話しました。その時、夫は特に大きな反応はしませんでしたが、何かを感じてくれた様子でした。夫もこれまで変化してきてはいましたが、姑の話をした後はさらに心が変わってきたように感じます。夫に話したことを今度は子どもたちにも話しました。中学一年生の上の子は「ふーん」という程度でしたが、それでも何かを感じてくれた様子でした。下の子は上の子と違い、「おばあちゃん大嫌い」だったので「早く宿題しなさい」と一言言われようものならものすごい反発して「うるさい、黙っといて！」と口答えしていた子でしたが、その子が、今は口答えしているところを見ることが無くなりました。物静かになり、穏やかになりました。

私は今まで夫婦問題ばかりに目がいって、嫁姑問題はあまり重点を置いていませんでした。実は嫁姑問題が一番に解決しなくてはいけなかった問題だったように思います。今思えば受講前に私があの迷っていた時、弁護士事務所に行かなくて本当に良かったと思っています。そちらに行っていたら、間違いなく暴走していたと思っています。真我開発講座を受講して、真我を開いて本当に良かったです。ありがとうございます。

これで終わりではありません。まだまだ歩みの途中であると思いながら真我開発を継続していきたいと思います。本当にありがとうございます。

【五〇代　女性　K子さんから寄せられた体験談】

私は、私たち夫婦の喧嘩が発端で主人の実家と十数年も疎遠にしていました。主人の両親の顔も見たくない、声も聞きたくない、一生会いたくないとも思っていました。

二〇一一年八月に姑が倒れ、一ヶ月が過ぎようとした頃、私の心の中で急に、「姑の所に行かなければ、主人を会わせなければ、姑が待っている」という思いがわいてきて、入院先の姑のもとへ向かいました。意識の無い姑に呼びかけると一瞬ですが目を開いてくれたのです。私と主人が来ている事を理解してくれていると思いました。そして、人として嫁として不義理をしてしまった事、長い間寂しい思いをさせてしまった事、もっと早く会いに来なかった事、何も親孝行出来ずに、本当に申し訳ありませんでしたと心からお詫びの思いを伝えました。お義母さんが今日まで頑張ってきた事、主人を産み育ててくれた事、嫁に迎え入れてくてた事、お義母さんソックリの息子を授かった事、今の自分が在るのはすべてお義母さんがいてくださったお陰です、本当にありがとうございました、と感謝の思いを伝えました。

帰り際に、姑と約束をしたのです。「皆と仲良くして行きます、必ず仲良く幸せに生きて行きますから、お義母さんどうか心配しないで下さいね、お義母さん安心してくださいね」と伝えました。

その翌朝に姑は天寿を全うし安らかに旅立ちました。

姑の死去の知らせと共に嫁の私への非難がありました。そうなる事はわかっていましたが、いざその立場になるととても葬儀に参列する事は困難に思えました。亡き姑のお見送りに言い争うなんて恐怖そのものでしたが、すべて自分が招いたことなのだからどんな怒りや非難も受け入れようと覚悟し、斎場に向かう三時間余り、佐藤康行先生のお話にありました、「お義父さんはK子（私）を愛している！

◯（義兄）はK子を愛している！　K子はお義父さん、義兄を愛している！　すべて思い込み、妄想、妄想、妄想！」と心の中で何度も何度も繰り返し言い切る事をし続けました。亡き姑が応援してくれているから大丈夫と思いながらも、心細さ、恐怖心は拭えませんでした。

私が斎場の後列に居たところ、主人と義父が駆け寄る姿を目にし、私も義父のもとに急ぎました。そして、義父の手を握り、

「申し訳ありませんでした。不義理をして本当に申し訳ありませんでした。ごめんなさい、ごめんなさい」

と抱き合って号泣していました。義父も、

「よく来てくれたな、昔の事はもういい忘れよう」

と言ってくれたのです。

疎遠になっていた十数年の空白が一瞬で埋まったかの様でした。

気がつくと参列された多くの方々がいらっしゃったのですが、気恥ずかしさは無く、ただただ、義父と私との空間がそこに存在していた感じがしています。帰り際に「お義父さん、大好き！」と義父を抱きしめ、義兄姉とも固い握手をして帰路に

ついたのです。

日常においても主人の両親に日々感謝の思いがわいてきます。街に出かけた際には、「寒い、冷える」と言っていた義父の下着や靴下を選んでいる私がいました。実の両親にさえ買う事が無かったのですから、以前の私には絶対にありえない行動なのです。まるで、義父にラブ状態（?）なのです。顔も見たくない大っ嫌いな義父が、大好きな義父へと変わってしまいました。

帰宅しても気がかりな事は同居している義兄の事でしたが、義兄は別人のように優しくなり、義父に対しても思いやりの心で接しているようです。八十六歳のその義父も、姑の世話を精一杯してきたからまったく後悔は無いと言っていますし、姑亡き後は心身共に健康になり、自分の趣味の時間を楽しんでいる様子で、「良かった、良かった」と言っています。義父には、いつまでも健康で、もっともっと幸せを感じていただきたいと思いますし、私以上に亡き姑の願いでもあると思っています。

実は、お通夜の晩に亡き姑が私のところに来てくれました。私に「ありがとう。ありがとう」と伝えてくれるのです。お詫びしてもし尽くせない私なのに、尊い命をもって実践させてくださった亡き姑の深い愛を感じています。やはり魂は永遠です。亡き姑からとても大切な何かを頂いたようで感謝し尽くせません。

真我開発講座の受講生さんたちの体験話では聞いていましたが、人間関係が一変する奇跡は本当に起こるのですね。私一人では一生涯かけてもこの様な奇跡の連鎖ともいう変化は起こしえなかったと思います。多澤さんの体験話と後押しと、亡き姑の応援もあり、主人の実家と和解する事が出来ました。本当にありがとうございました。この私の体験談のお手紙を書きながら、私はとんでもない事をしていたと改めて反省しています。涙

【三〇代　女性　Nさんから寄せられた体験談】

約一年前に知人が真我開発講座を受けて、その次の日に仕事の関係で会った際に、今までにないスッキリした顔や表情にびっくりして、講座に興味を持ち、受講に至りました。

それまでの私は、週二回、体のバランスを整えるストレッチに二年間と、その専門学校にも仕事をしながら通っていました。さらに学習を深めてワンランク上の過程に進もうか、本当にそれでいいのかと感じている時に知人の変化に興味を持ち、すぐに真我開発講座に申し込みをしました。

当日はドキドキしながら会場に向かいました。同じ空間に何時間もいることと、男性の隣の受講は出来れば避けたいと講座スタッフに事前に伝えていて、ご配慮してくださったお陰で安心して受講することが出来ました。

私は仕事で、健康と美のお店を経営しています。沢山の方とお会いさせて頂いていますが、何かいつも顔（表情）と心が別々で、お客様と長い時間一緒にいることも苦痛に感じることも度々ありました。接客業をしていながら、そんなふうに思ってはいけないと、自分と相手を心の中で責め続けていた自分でした。なかなか自分の気持ちを表現出来ず、イライラしたことも度々ありました。それを解決出来ず、相手に誤解を招いてしまう言葉を伝えてしまったり、伝え方に慎重になり、より一層違和感のある話し方になってしまったり、その繰り返しの人生でした。人間関係も面倒で、すべて環境のせいにしたり、両親のせいにしたりしていました。しかし、真我開発講座を受け、私は変わりました。

私はすべて満たされていたんだ、こんなに両親からも愛されていたんだと、体の中からわき上がる気持ちと、感謝の気持ちが溢れ出て、本当に申し訳ないと謝罪の気持ちだったり、感謝しなければいけないと頭（観念）で思うものとはまったく別で、ただただ、涙が溢れ、両親とすべてに感謝出来る心に変わりました。心がすべて満たされ、初めて今まで生きてきてよかったなと感じました。

私が、小学校三年生の時に両親が離婚し、それから三十年、父親とはまったく会っていませんでした。どこに住んでいるかは知っていましたが、会おうとも思っていませんでしたし、父親が生きていようが私には関係なく、ずっと父親のことを憎んで生きてきました。

兼業農家だった実家で、母親はいつも朝早くから野菜の消毒をしてそのまま昼間は野菜の出荷の仕事に行き、夕方や夜も畑や田んぼで働き詰めで、私が小さい時からほとんど家にいませんでした。

親に心配をかけないように、いつもいい娘でいなければと思っていたそんな幼少時代。私の靴が小さくなり、指に靴が当たって痛かった三歳の時、それを言えば母親がもっと働かななければいけないのではと思い、我慢して言えず、そんな時は二歳上の兄がいつも、私の面倒を見てくれました。

父親は二番目も男の子を望んでいたので、女の子の私は可愛がってもらえた記憶がないまま、いつもどこかで「私は生まれてこなくてよかった子なのかな？」と思っていました。兄にしか心を開けず、大人が怖く、いつも兄の後ろにいて、兄以外の人とは話ができませんでした。その頃から、自分の思いの表現の仕方や人とどう関わっていいのか、わからなくなっていたのだと思います。

真我開発講座を受け、父からも愛されていたんだとわき上がる思いが溢れ、三十年会っていない父に感謝の気持ちを伝えたくなり、数日後に会いにいきました。留守でしたが、お墓参りに寄りました。また、数日後に行きました。……留守でしたが、お墓参りに寄りました。

定期的に真我開発講座を受けていくなかで、それまでよりさらに良く眠れたり、以前はストレスや緊張すると吐いてしまうことがありましたが、それもまったくなくなりました。そして仕事場で「変わったね」と言われるようにもなり、また、お客様から再契約をいただいたりと、相手との壁もなくなっていきました。喜んでもらえることが嬉しいと思える心に変わり、毎日が感謝の気持ちで溢れるようになりました。心から穏やかに過ごせる様になりました。

たまたま同じ講座に参加された多澤さんの体験談を聞きました。お話を聞いているうちに、私は義理の母と同居していませんでしたが、何かとても気になる様になりました。そして、義母に対する感謝の気持ちがなかったこと、義母のことをまったく見向きもしてこなかったことに気づきました。義母のことを自分の中から除外していたのだと思い、「なんて、私は……」と感情が込み上げ、涙が止まらなくなりました。

その晩ホテルで、講座で行ったワークを義母をテーマに取り組んでみました。すると、一番感謝すべき人が義母だと気づいたのです。気づいたことでまた涙が止まらなくなりました。いつもこんなにも支えてもらっていたのだと、本当に有り難い気持ちでいっぱいになりました。

翌日、講座二日目の最後の感想発表で、「明日、義母に感謝の気持ちを伝えます」と、真我の心を実践することを宣言しました。

自宅に戻り、翌朝、夫とともに義母の家に行き、「いつもありがとうございます」と、そして「お義母さんがいてくれているおかげで私たちがいます」と「孫も見てくれて、小さい頃から食生活を整えてくれ、和食が大好きな娘にしてくれたのも、すべてお義母さんのおかげです。ありがとうございます」と義母の目を見て伝えることが出来ました。義母は「そう言ってくれてありがとう」と言ってくれました。話をしている中で、義母が「四国や九州に行きたい」と言ってくれて、私は「連れて行きたいな」と思え、その晩に、義父、義母、実母、夫、私、娘の六人で、九州旅行へ行くことを決めました。そして、私がみんなの旅費、食費、交通費を賄うようにしました。今まで身内とあまり交わることが好きではない私でしたが、「〜してあげよう」「親たちに思う存分親孝行してあげたい」という気持ちになれたことが、ビックリしています。結婚して六年目に入りますが、六人みんなで初めての旅行です。「これからは、親孝行を存分にして喜んでもらいたい」と、その気持ちでいっぱいです。

そして、私は夫と一緒にあの父親（実父）にまた会いに行くことにしました。その日は朝から雪が降り、高速道路も渋滞でした。お昼過ぎに着くと、ちょうど父親が玄関先の雪かきをしてる姿が見えました。私はとにかく嬉しくなって近寄りました。

三十年ぶりに会う父は、変わらず髪の毛も黒く背筋も伸びていて、少しシワが目立ちましたが、丁寧に雪かきをしている姿をずっと見ていたくなりました。「こんにちは、Nです。元気でいてくれてよかった～」と言うと、父は「おぉ～」と言って、また雪かきを始めました。父が精一杯の愛情表現をしてくれたんだと思い、また涙が溢れました。父が元気にいてくれたことに感謝で胸一杯になり、生きていてくれてありがとうという思いが溢れ続けました。

辺りでは本家の叔父さんや近所の方も雪かきをしていたので、「父がいつもお世話になっています。ありがとうございます」と伝えることができ、本家の叔父さんも叔母さんも喜んでくれて、その後、お墓参りに寄りました。とっても喜んでくれている感じがしました。この三十年以上、父を憎み、「なぜ、あの父の子供だったのか?」といつも感じていた思いがこの時一気に吹き飛びました。父の娘で良かったと、長年の憎しみから感謝の気持ちに変わりました。

雪が降ってくれたおかげで、父、そして本家の叔父、叔母に会え、本当に心が温まりました。

またこの時、自然との一体感を感じると共に、夫とも喜び合いました。夫との関係も、以前はお互いが壁だらけで、外と内の顔が違い、会話も出来ない夫婦でした。父に対する思いが夫にすべていっていたのだと、真我開発講座を受けて気づきました。それも、自分自身の中からその気づき、思いがわき上がり、自分で自分の本当のことを知ることができたので、まったく無理なく悟れたのです。すべてが深い部分で繋がっていること、父親に対する思いが夫に攻撃的になっていたのだとわかった時から、夫に対して申し訳ない気持ちが溢れ、私は謝罪しました。それは、以前の私では考えられない行動でした。こうしなければという気持ちではなく、心から気づかせてもらい本当にありがたい、感謝の気持ちで一杯になりました。

五歳の娘も、以前に比べて笑顔が増え、よく笑うようになりました。娘と過ごす時間も苦痛ではなく、一緒にいたいと思える心に変わりました。そして、より深く愛せるようになり、一人の人間として、尊重できる心に変わりました。娘は保育園でも、自然に周りにお友だちが集まるようになって、いつも楽しく遊んでいます。保母さんも「いつも落ち着いていますね」と言ってくださり、両親、親子すべてが繋がっていることを実感します。

真我開発講座と出逢い、すべてが円満に、みんなが笑顔で仲良くなりました。長年の苦しく解決出来ない思いから、一気に天と地がひっくり返るくらいの変わり方で、毎日、体も心も楽に良く眠れる様になりました。

本当にありがたいです。ありがとうございます。

第五章　すべてのわだかまりが紐解かれる

両親との心の和解

私は冒頭で父と母（私の実父、実母）から命を否定されてきたと書きました。

しかし、その否定されたことのもっと奥にある愛を知った時、大きな大いなる両親の愛にむせび泣くことになりました。

姑や主人、子どもたち三人も本当の自分に目覚め、家族が本当に一つになり、それぞれが個性的でありながらも、いざというときはすぐ力を出し合うという素晴らしい家族になりました。以前のように誰かが権力を握り、押さえつけるということもまったくなくなり、笑い声が絶えない家族になっていったのです。

しかし、父と母に対する思いはどこかすっきりすることが出来ずにいました。

そんなある日、突然、私は父に無性に会いたくなり実家に向かって車を飛ばしました。

「今日だ！　今日伝えなければ……」

その思いというのは、肉体を超えたところで、父が私を真我に導いてくれた理由がはっきりと解かったからです。

その理由とは、父が一番嫌われる役として父親としての役割を担ってくれたこと、そしてそれは父本人も相当辛かったこと、そんな父が誰よりも今回の私の人生で私の魂の成長を願ってくれていたことを心の奥底から感じたからです。

実家に着くと、父は車庫の前で近所のおじさんとお酒を飲んでいました。ビールケースを裏返しにして、二人で向かい合って座っていました。

突然帰ってきた私を見た父は、ちょっと驚いたようでしたが、私に向かって「どうした？　金でも持ってきたのか」と言って右手を差し出しました。

いつもであればその言葉に切れているところですが、その父の手を見た瞬間に、私

の手が自然に父の手に合わさりました。そして、

「父さん、ごめんなさい。今まで親不孝ばかりしてごめんなさい……」

思いもよらない父に対する謝罪の言葉がほとばしるように出てきます。その謝罪の言葉を伝えながら、後から後から父に対して「自分は何てことをしてきてしまったんだろう。父は何も悪くない」という真実の思いが溢れ出しました。

父はそんな私の謝罪の言葉を聞きながら「そんなに泣いたら、こっちまで泣けてくるじゃないか……」とつぶやきました。

背けた父の顔を見ると、父の目から涙が流れていました。生まれて初めて父の涙を見た時、さらに私は「本当に申し訳ないことをした」という思いが溢れ出し、「許されることじゃないかも知れないけど、許してください」と心から謝罪することが出来たのです。幼い頃から父を恨み、憎み、見下していた自分の方こそ、許されないのだと感じました。そしてその時、父から育てていただいた恩義や父の苦労、父の思いを魂で感じました。

止めどなく溢れる涙と謝罪の言葉を伝え続けた先に父が言ってくれた言葉は、

「わかっていた……、お前の気持ちはわかっていたんだ」

でした。

その父の言葉を聞いて、私はおいおい泣きました。解かっていなかったのは自分だ、私の方が解かっていなかったんだ……申し訳なさで体が震えました。

そしてその時、一緒にいた近所のおじさんが「あんたのお父さんは本当に素晴らしい人なんだよ」と伝えてくれたのを聞いて、やはり勝手に誤解をしていたのは自分だった、いつも敵にしていたのは自分だった、なんてことをしてきてしまったのかと溢れる思いを止めることが出来ませんでした。


父の気持ちをしっかりと受け取り、自宅に帰る前に仏壇に手を合わせ「ようやく、父と一つになることが出来ました」と報告することが出来ました。そして鴨居に掛けている、祖父や祖母の遺影にも一つ一つ手を合わせたのです。すると「ありがとう」「ありがとう」という声なき声が私の心に響いてくるのです。これは圧倒的な感覚で、私はその場で嗚咽状態になりました。祖父も祖母も曾祖父も曾祖母もみんな見守ってくれていたんだ、私が成長するのを見守ってくれていたのだともの凄い感動と感謝が私の全身を包んでくれたのです。

自宅に帰ろうと外に出ると、車に乗るまで父は私の手をしっかりと握りしめてくれました。恥ずかしながら生まれて初めて握った父の手は大きくてごつごつしていて苦労をかけ通しだったことをその手の温もりから伝わってくる思いでした。

別れを告げ、近くの親戚の家に行っていた母にも父にようやく謝罪出来た報告をするために寄ったのですが、ほどなくして車の音がしました。バタンとドアを閉める音がするやいなや、「大変だ！　優が自殺する！」と顔面蒼白の形相で父が飛んでやってきました。「自宅に電話をしても誰も出ないし、知り合いにもつながらない！」と言いながら、ひょいと顔を出した私を見て、不安な顔が一気に驚きと怒りの顔になりました。「バカ野郎！　突然来て急に泣き出して謝ったと思ったから、死ぬ気で最後に来たんだと勘違いしたじゃないか！　こんなに心配をかけるんだったら、二度と帰ってくるな！」と怒鳴られたのです。

実は私は、このような心配の言葉を聞いたのは初めてで、死ぬときは高額の保険をかけてから死ね、と言われ続けていたのです。

私は心から父の心配が嬉しく、父の顔を見て感謝がわき上がり、「そんなに心配するんだったらまた帰ってやる！」と伝えてしまったほどです。

それからの父との関係は、それまでとはまったく逆になり、穏やかで心の通じ合う本当の親子になれました。父はそれまで心の悩みや辛さを誰にも言うことが無かったのですが、私に心を許して何でも話してくれるようになりました。私は今までの親不孝を取り戻すように、父の不安な気持ちや思いをずっと聞き続けることが幸せに感じられるようになったのです。

何をやっても解消されなかった父への恨みが一瞬で氷塊しました。

さらに母への思いも激変した出来事があります。

私はある時、ふと母の「生まれてこなければ良かったのに……」という言葉が聞こえてきたことがあります。その後、フラッシュバックのように幼い頃から母によく聞かされた場面が思い浮かびました。

私は十二月生まれですが、母は未熟児で生まれた私を布団にくるみ、生後一～二ヶ月の私を置いて外で働かなければならなかったそうです。薪ストーブにたくさんの木を入れて仕事に行った母が数時間後に自宅に戻ってみると、ストーブの火の気はすっかりと消えて、寒い部屋に寝かされていた私は冷たくなりぐったりとしていました。一瞬、死んだかと思い抱き上げたそうですが、しばらくすると赤みが差し、一命を取り留めたのです。

私はその話を聞く度に、「どうしてまだ生後間もない、しかも未熟児で生まれている赤ちゃんの私を一人置き去りにして外に行ってしまうのか」と怒りがわき、本当に悲しくなったのを覚えています。

しかし、この日は違いました。ふいに母の子守歌が聞こえてきたのです。本当に不思議でしたが、私が子どもたちを育てる時もいつも子どもたちに歌ってあげていた子守歌でした。そして、その瞬間、母の思いがはっきりとわかったのです。

　母は産後間もない体で、まだしっかりと回復していない体で外で働かなければならなかった苦しみと、産んで間もない赤ちゃんを抱いて子守歌を最後まで歌ってあげれない自分の辛さ、一度でいいからこの子に子守歌を最後まで歌ってあげたい……という思いが伝わってきたのです。

「私は、捨てられてなんかいなかった。母から愛されていたんだ」

　私は声をあげて泣き続けました。そして「母さん、ごめんね」と自分の傲慢さに、母の愛に泣き崩れました。

　それまで、母の話をどうしても聞けなかった私は、それ以降、母の言葉を素直に聞けるようになりました。一つ一つの言葉が、子守歌に聞こえるのです。本当に苦労をかけてしまいました。

　今では元気な母と父がケンカしながらも、本当は愛し合っていることをほほ笑ましく落ち着いて見られる自分になってきていますし、残りの人生で父と母に今までの恩返しをしていく人生を歩んでいきたいと心から思えるようになりました。

これまでの出来事の本当の意味

このようにして、どんどん人生の中の出来事が紐解けていくと、苦手な人や理解出来ない人を、深い部分で許せたり、自分にメッセージを見せてくれていることがわかり始め、人間関係は良好になる一方になりました。

さらに、祖母が亡くなるときに残してくれたメッセージ、意味さえもわかったのです。

祖母は命をかけて亡くなる寸前まで、嫁姑の確執を身をもって私に見せてくれたのです。そして、母は嫁としての役割をしながら、「ここがやるべきことだよ」と私に見せ続けてくれたことに気づきました。
だからこそ、自分が嫁になり、繰り返される嫁姑関係の確執の中で、本当の自分に出逢い、姑と一つにつながった時、家族が一つになった時、ものすごい喜びがわき上がったのだとわかりました。

これは亡き祖母の願いであり、母の願いであり、姑の願いであり、命を否定し続けてくれた父のもっとも深い魂の願いであったと、まるでパズルのピースがパチンパチンと面白いようにはまるかのように、自分の命を生かす意味を発見するためにすべてのことがあったのだと魂で感じることが出来たのです。

嫁姑問題は「永遠の課題」と言われるほど解決が難しいものとされていますが、決して難しいことではありません。本当の自分に目覚めるだけで、すべて解決できるのです。この本を手にとって下さった方々も、必ず素晴らしい嫁姑関係が待っていると思います。

そして、一人でも多くの方が素晴らしい真我の心、本当の自分に出逢って、生きることの意味や自分の役割、使命を発見されて、みなさんの今回の人生が悔いのない人生になることを祈ってやみません。

この私の体験が、社会のお役に立ち、嫁姑問題、夫婦問題、家族の問題が解決し、本当の素晴らしい自分に出逢い、一人一人の命が次の世代に継承されていくことを、心より願っております。

おわりに

真我に出逢い、早いもので四年が経とうとしています。

真我に目覚めたこの四年間、姑から溢れるほどのご恩をいただきました。

姑は亡くなる少し前に主人にぽつりと言ったそうです。

「実の息子よりも、自分の子どものように本当によく面倒を見てもらってありがたい」と。

私への感謝の思いを主人に伝えてくれていたことが本当に嬉しくありがたくて、このご縁に涙が溢れて止まりませんでした。

感謝の思いが溢れると、それは姑だけではなく、主人や子どもたち、家族、友人知人、ご縁をいただける沢山の方々に自然にその素晴らしい心が伝わっていくことが感じられます。

自分らしく、真我のままでいることで、そのまま愛と喜びと感謝の思いが広がり、無理することなく自然体で生きられるようになり、思いもよらないことが起きる人生になっています。

その一つがこうして自分の体験談を世の中のために出させて頂いたことです。

体験談を聞いてくださった方が、また喜びに満たされ、その喜びと幸せの連鎖が大きく広がり始めていることが、何より嬉しく、感謝の思いでいっぱいです。

そして数ある書籍の中から、この本を手に取り、ご縁を持って頂いた方々へ心から感謝を申し上げます。ありがとうございました。

嫁姑問題で悩み苦しんでいる方々のお役に立てることを心より祈っております。

最後に、真我を世に発信し続け、命を救ってくださった佐藤康行先生、そして私のつたない体験を書籍として世に出してくださったアイジーエー出版のみなさん、真我を伝える事を迷わず私に勧め、励まし続けてくれた主人や真我を共に追究している素晴らしい友人たち、人生の方向性を常にリードし続けてくださる心の学校・アイジーエー、ＹＳコンサルタントの講師、スタッフのみなさまに心より感謝を致します。
本当にありがとうございました。

平成二十四年九月　多澤　優

発刊に寄せて

心の学校グループ学長
「真我開発講座」創始者
佐藤康行

多澤優さんほど、実行力・行動力のある女性を私は未だかつて見たことがありません。

私は、「本当の自分に目覚める」「真我を開く」という世界で唯一の真我開発講座を編み出し、各地でそのセミナーを開催しています。これは、人が頭で考えること、そして心の中の業やカルマという過去の因縁・記憶のさらに奥に存在する「真我」という宇宙意識＝愛そのもの＝光そのものの最高の自分に目覚めることを最初の目的としたセミナーです。そして、本当の自分に目覚め、真我が開いていくと、業・カルマは消え、愛と感謝に満ち溢れた思いが、頭や全身にわき、みなぎります。これまで二十三年に渡り八万人にも及ぶ方々が真我開発講座を受講されましたが、ほとんどの方は講座中にそこまでは体感されています。

しかし、問題はその後です。この真我が開いた、真我の心で日々の生活を実行する、その実行力、真我の実践力によって、人によっては大差の結果が出ています。

その意味で多澤優さんは、あの恨んで憎んでいたお姑さんに対して、真我を開いたそのままの心で即行動、即実践され、あっという間に和解されました。私は、これほどまでに行動された方を見たことがありませんでしたし、なんて素直でなんと勇気がある人なのかと驚かされました。


その一部始終が本書には書かれています。真我に目覚めた多くの友人たち、また、それ以外の方々にも、本書は真我を実践するために大変参考になると思います。そして、大変勉強になるとも思います。

ぜひ、多澤優さんのこの本をもとにして、バイブルとして、多くの方が真我に目覚め、真我を実践していただき、幸せな人生を歩んでいただきたいと思います。

たった２日で“ほんとうの自分”に出逢い、現実生活に即、生かせる

『真我開発講座のご案内』

本書で紹介させて頂いた「真我」及び「真我開発講座」について、さらに知りたい方は、下記の方法にてご連絡下さい。真我開発講座を編み出した**佐藤康行氏の講話が収録されたＣＤを無料プレゼント**いたします。

入手方法は簡単！

２つのうち、お好きな方法でご請求下さい。

⇩

１．ホームページから請求する。

下記 URL でアクセスしていただき、ご請求下さい。ＣＤ及び資料を無料で進呈させていただきます。

⇒ http://shinga.com/

２．「心の学校・アイジーエー」まで直接連絡する。

お電話、FAX、e-mail でも受付しております。「鬼ババァが仏の顔に変わった瞬間』を読んで CD、資料を希望」とお伝え下さい。

⇒ **FAX：03-3358-8965（24h 受付）**

TEL：03-3358-8938（平日 10:00 ～ 18:00）

e-mail：info@shinga.com

※上記 1.2 の内容はいずれも同じものですのでご了承下さい。

多澤　優（たざわ ゆう）

1963年生まれ。東北在住。

二十三歳で結婚し、三人の母親。

家族問題を改善するために国内外の心理学、各種ヒーリング、セラピーを習得するが改善には至らず、二〇〇八年に真我開発講座を受講し、本当の自分に出逢う。たった2日間の真我開発講座を受講直後、嫁姑関係、夫婦関係、親子関係が劇的に改善した。

現在、自身のその体験を講演活動などを通して全国各地で伝え始めている。

鬼ババァが仏の顔に変わった瞬間
～世代を超えた嫁姑戦争が終わりを迎えた日～

2012年11月1日　第1版第1刷発行

著　者　多澤 優
発行者　株式会社アイジーエー出版
〒160-0022 東京都新宿区新宿2-11-2 カーサヴェルデ
電話　03-5312-1450
FAX　03-5269-2870
ホームページ http://www.igajapan.co.jp/
Eメール info@igajapan.co.jp
印刷所　シナノ印刷株式会社

ISBN978-4-903546-17-9 C0095